沉默之火

胡仲凱 著

真相永遠都是保持沉默……

聯繫著命運的真相，倘若它會說話，你敢聽嗎？

「每當火燃起時，必定會伴隨著煙，想要解開真相不能只看到火而已，煙才是藏著訊息的關鍵。」

目次

專為學生出租的公寓在某天傍晚引發火勢，雖然住宿生湘婷順利獲救，但屋內卻發現一具身分不明的焦屍……

當好友雅涵、阿弘及男友正彥都摸不著頭緒時，案情又牽扯到兩個星期前的某起失竊案，甚至與三年前的錐冠金龍大樓倒塌事件有著緊密的關聯。

阿弘決心為此事找出真相，在漸漸逼近問題核心時，聯繫著當年父母殉職祕密的火焰也隨之延燒。

本故事純屬虛構，如有雷同，純屬巧合

引燃

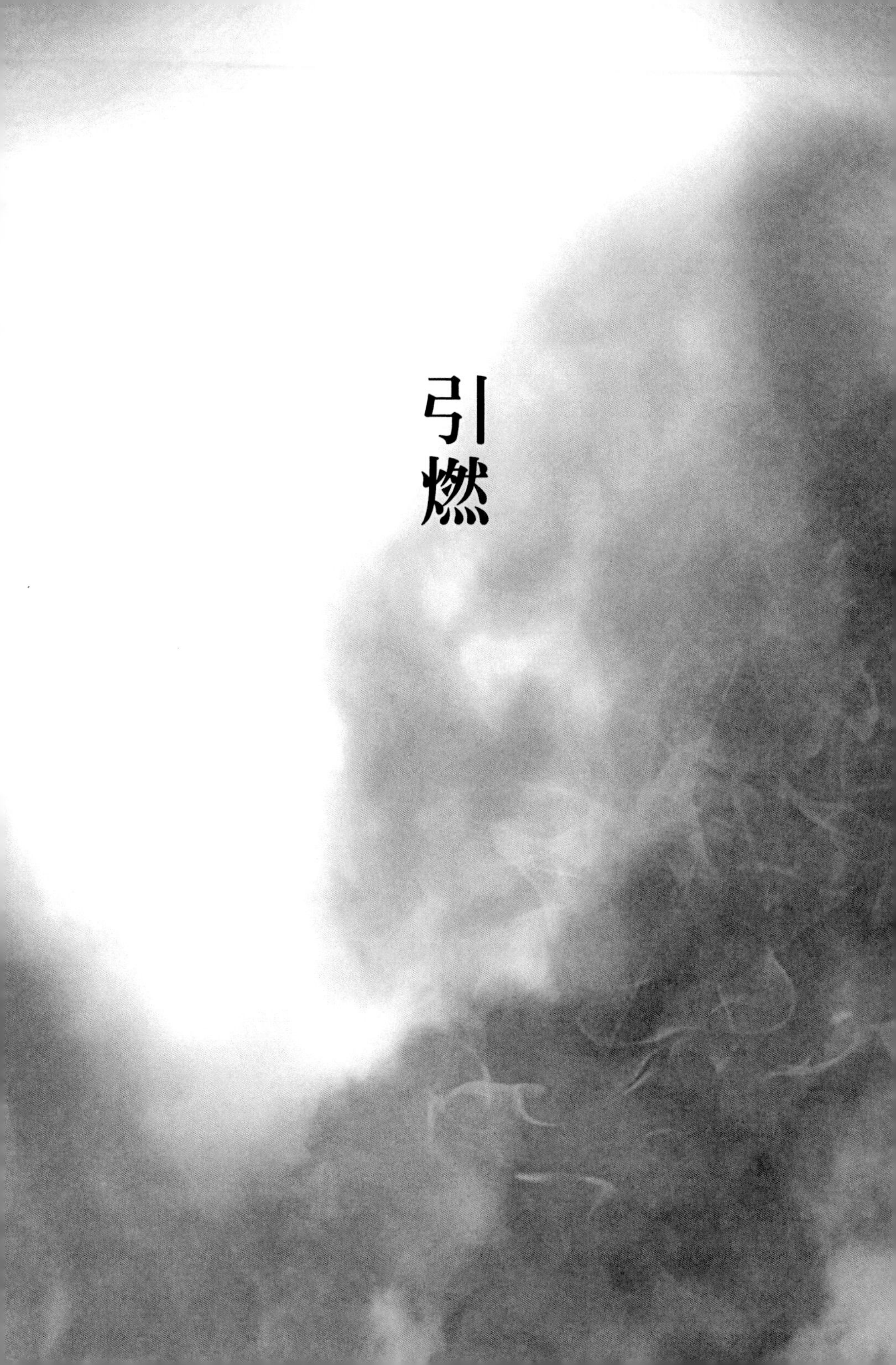

乳白色的煙霧在空氣中飄散，香菸剛點起不久，廷佑就感覺到有人推了他的肩膀，回過頭看，湘綾的面容連帶聲音同時傳入他腦中。

「走了啦，不要抽了。」

廷佑心生猶豫，但在湘綾的注視下，雖然覺得可惜卻也只好捻熄香菸。

這裡是K市高鐵站外計程車停車處的第二格停車位前，他們一同踏出步伐朝巴士站走去。

湘綾和廷佑彼此都還尚未承諾正式交往，也未曾牽過對方的手，但他們的互動早已如情侶，正處於既酸又甜的曖昧關係中。

他們認識的時間是在近兩個月前，地點就在湘綾打工的甜點店。湘綾是在甜點店打工的店員，同時就讀於距離K市中心有些距離的某間大學，目前大一；而廷佑則是經常光顧的常客，剛從大學畢業。他們年齡差了四歲，但從未對他們的相處有任何影響。

最初幾次見面時，廷佑在湘綾眼中只不過是普通的客人，並不像許多浪漫劇情中的一見鍾情。然而，他們明明只有幾次點餐和結帳的交談，湘綾卻開始留意廷佑，不自覺產生了某種奇妙的感覺。愉悅卻伴隨著沉重，她開始期待廷佑每一次的光顧。

而湘綾每次見到廷佑時都帶著如此心情，某次，廷佑一如往常地光顧，他終於主動對湘綾開口說話，雖然只是詢問店內商品的問題，但還是使湘綾怦然心動，甚至緊張到不曉得自己在說些什麼。那天，湘綾不時偷偷地注視在店內用餐的廷佑，頻率比以往都高。

而更讓湘綾又驚又喜的是，廷佑竟然在離開前問了湘綾：「妳下次什麼時候上班？」

湘綾掩飾不住慌張，更是帶著喜悅，她急忙查看了班表才回答廷佑。

廷佑答應她下次上班時會再來光顧。除此之外，廷佑還問了湘綾的名字。

「我……我嗎？我叫黃湘綾。」

「我叫施廷佑，下次見。」

那天晚上湘綾怎麼睡也睡不著。

事如預期，廷佑果真在湘綾下次上班時出現在甜點店。他們趁著店內清閒時聊天，漸漸從陌生步入相識，或許是雙方都很緊張所以不免有些尷尬，但氣氛卻令他們滿意，湘綾也不忘要求廷佑留下聯絡方式。

原本以為廷佑是不方便留下而使湘綾感到失望，但在之後幾次聊天中，湘綾才得知廷佑是真的沒有手機。於是她出自好奇地問。

「那你平常要怎麼聯絡別人啊？」

「我沒什麼需要聯絡的人，所以沒關係。而且，我其實不太能適應高科技的東西。」廷佑露出自我嘲笑的表情，「我爸媽經常說我生錯了時代。」

「你還真是稀奇啊。」

湘綾並不怎麼在意廷佑沒有手機這一點，反而因為廷佑這種純樸的氣息吸引了她的目光，加上廷佑時常一身平庸的打扮，留著稍長的日系髮型，散發出與時下流行完全不同的氣質，或許當初湘綾就是因此對廷佑產生興趣。

廷佑甚至偶爾會帶報紙到店裡來看，這點也讓湘綾認同他母親所說的生錯了時代。

某次，湘綾曾一時興起將自己的手機借給廷佑，並教了廷佑手機的操作方式，那次之後，廷佑便偶爾會借湘綾的手機來使用。原本以為他是用來玩遊戲，但每次往畫面一瞄時，卻都是新聞或是滿是文字的頁面。

他還真的不怎麼接觸新鮮事物呢——湘綾心想。新鮮事物，指的是現代琳瑯滿目的手機遊戲和影音平台。

他們話題契合，常常在店裡聊到打烊，湘綾的同事們也注意到了湘綾和廷佑的互動，不時會來湊一腳調侃他們。

大約認識了一個月後，他們第一次相約在甜點店以外的地方見面，也就是他們的第一次約會。

當時他們逛了附近的夜市，除了吃遍各個攤位以外，還到電影院看了一場電影，那是一部恐怖片，廷佑也是在那時知道湘綾比他想像的還要膽小。

一切都發展得很順利，之後廷佑來到甜點店的次數更加頻繁，更是會挑選湘綾有上班的時間。

又過了近一個月，他們約好了第二次約會，目的地是湘綾一直想去的K市遊樂園。

因為廷佑沒有手機，所以約定見面地點時他們特別注重細節。

一到了遊樂園入口，湘綾按捺不住心中的亢奮，帶著一股要將整座遊樂園攻下的氣勢快步前行。廷佑盡力地跟上她的腳步。

就在這時，湘綾牽起了廷佑的手拉著他進入遊樂園內。廷佑全身如同導電一般，酥麻感從手部傳導致全身，他第一次這麼扎實地觸碰到湘綾纖細柔軟的手。

湘綾回眸望了廷佑，他們臉上都洋溢著無比幸福的笑容。

幸好這天的遊客不多，因此不需要花太長時間在等候遊樂設施隊伍，這也是他們刻意安排在平日的原因。

他們遊玩的第一項遊樂設施是雲霄飛車，接著又在雲霄飛車周圍嘗試了許多熱門的項目，雖然有幾樣設施正在保養維護，但他們並未感到特別可惜，反而還擔心一天之內逛不完整座遊樂園。

才只到中午，湘綾就已感到腿部有些痠痛，他們在園區內的餐館享用午餐，順便讓奔走了一個早上的雙腳休息。

在餐館內，他們看著手中的導覽地圖，討論下午的計畫。

「小佑。」湘綾隨口叫出了這個綽號，廷佑還沒能馬上反應，過了兩秒左右才回應湘綾。

廷佑並未對此綽號感到排斥，反而是帶著驚喜的表情欣然接受。

湘綾接著提議：「我們下午先去鬼屋好不好？」

廷佑還以為自己聽錯，又問了一次湘綾，結果反遭湘綾嗤笑。

「你怕了嗎？如果你會怕可以不要去喔。」

「我才沒有怕，我是想說妳應該會怕才這麼問的。」

「誰說我會怕啊。」湘綾自信飽滿，篤定自己絕對不會害怕，毫不為自己留一點退路。

「我是想說妳上次看電影的時候就已經嚇成那樣，今天才會為妳著想的欸，也不想想誰上次都用指縫在看電影了。」廷佑也毫不留面子給湘綾。

「那是……」湘綾試圖辯解，「那個不一樣啦，你看我今天早上再恐怖的遊樂設施都玩過了，鬼屋一定也沒什麼啦。」

「這是兩回事吧。」廷佑邊說邊笑。

「笑什麼啦，而且今天的目標本來就是把所有能玩的都玩完不是嗎。」湘綾的眼神像是不容許廷佑在反駁。

「好啦，那等一下就先去鬼屋吧。」

「好，就這樣決定了，那麼，鬼屋結束之後……」

他們又接著討論行程，並在短時間內用完午餐，離開餐館後便馬上前往鬼屋。

他們已經有了互相牽起手的默契。

鬼屋是這座遊樂園的熱門項目，所以即便是平日，排隊的人潮依然眾多。排了漫長的隊伍後，總算輪到湘綾和廷佑進入鬼屋，雖然湘綾的表情故作鎮定，但廷佑還是能感受到他的手被握得更緊。

鬼屋內燈光昏暗，就算有光線照明，卻也是綠色或紅色的詭異色彩。他們正身處於視線不佳，駭人的環境之中，不時還有不知哪傳來的喘息聲和蝙蝠叫聲營造出令人寒毛直豎的詭譎氛圍。

「妳真的不會怕嗎？」廷佑故意問了湘綾。

湘綾先是搖頭，正當她要開口時，巨大碰撞聲在他們耳邊響起，湘綾的尖叫聲甚至蓋過碰撞聲。

廷佑注視著受驚嚇的湘綾。他心想，那個面容實在是可愛極了。

湘綾整隻手臂勾住了廷佑，他們的身體貼得更近，彼此湧起一層安全感，但還是對接下的路途感到不安，腳步移動緩慢。

鬼屋內又回到一片寧靜，沒有一點聲音，這反而更令人頭皮發麻，他們甚至可以感覺到對方的脈搏在急遽跳動。

又前進了沒幾步路，廷佑因為湘綾停下腳步而跟著停了下來，湘綾似乎踢到了什麼而阻礙她前進。

湘綾低下頭看了自己腳邊，放聲尖叫的同時，她瞬間拉住廷佑向後退了好幾步，廷佑也因為她的尖叫受到不小驚嚇。

「怎麼了啊？」

湘綾喘著氣，手指著剛才停下腳步的位置，撇開頭看也不看那個方向一眼。

廷佑在微弱的光線下仔細一瞧，那裡擺著一具假屍體，皮膚如殭屍一般潰爛，衣著破舊，看得出來製作精細。

「那是假的啦。」廷佑帶著安撫的口吻。

「假的還是很可怕啊！」

他們刻意避開原本的路線，繼續往更深處前進，廷佑邊笑著邊說：「還敢說妳不會怕嗎？」

湘綾故意裝作沒聽到，拉住廷佑的手繼續踏著緩慢的步伐。

周圍漫出煙霧，氛圍被營造地更加毛骨悚然，伴隨真人假扮的鬼突然出現，連廷佑也忍不住叫了出聲。

好不容易快走完全程，湘綾也已經嚇出好幾滴淚珠，而鬼屋最後的一段路他們幾乎是用跑的通過。

走出鬼屋後，兩人都大嘆了一口氣，這趟過程可以說是把一整年份的膽量都用完了。雖然被鬼屋嚇得體無完膚，卻也因此急遽升溫了他們的感情。

下午的時光，他們如預期遊玩到任何一項想玩的設施，在天色逐漸暗淡時，他們前往摩天輪的隊伍。

排隊的過程中，廷佑只是揉了下眼睛，湘綾便以關心的口吻問道：「怎麼了？你想睡覺了喔？」

「不是，只是眼睛有點乾而已。」

湘綾往廷佑的雙眼望去，四目相對，她又感到一股電流竄過全身。在這同時，她也注意到一件有趣的事，輕聲笑了出來。

「你的左眼皮怎麼了啊？也太好笑了。」

廷佑似乎不以為意，微笑回應道：「我只要眼睛一乾澀就會這樣，妳以前都沒注意到嗎？」

湘綾搖頭。就算以前沒注意到也不足為奇，因為今天是湘綾第一次這麼接近廷佑的臉龐。

原本就有雙眼皮的廷佑，現在左眼皮皺成了三層，他對湘綾解釋說，他眼睛時常乾澀，只要一乾澀就會變成這樣，而且只有左眼才會。

湘綾從包包中拿出戴隱形眼鏡時常用的人工淚液，廷佑接手後往自己的左眼滴了幾滴，但卻怎麼滴都沒有滴到眼球上。

湘綾在看不下去之後伸手將人工淚液搶了過來，她叫廷佑蹲下，才替他順利將人工淚液滴入左眼中。

「真是的，笨死了。」湘綾帶著微笑嘲諷廷佑。

「抱歉啊。」廷佑也以同樣的語氣回應。

「右眼也要嗎？」

「好啊。」

隊伍在排了不到十分鐘就輪到湘綾和廷佑，他們抱著期待的心情踏進摩天輪廂，隨著輪軸緩緩轉動，眼前的視野也跟著遼闊。

他們對坐在摩天輪廂內，不論是對方的身影或是放眼望去的景色，一切簡直是如幻境般美麗。

真希望摩天輪能再轉慢一點——湘綾心想。

還只是在至高點的一半，就已經能看清楚整座園區，遊樂園內各處的燈火在他們眼前一點一點起，配合著遼闊的景色和染出漸層的天際，視野絢麗壯觀。

他們內心引燃起一股無法自拔的衝動，心跳隨之震撼著全身。

廷佑起身造成了車廂晃動，他從湘綾對面換到她身旁坐了下來。

兩人的視線都望向車廂外，他們牽起對方的手並將身體貼得更近，靜心感受彼此的氣息。

廷佑在深吸了一口氣後開口：「我們交往吧！」

「嗯。」湘綾毫不猶豫地點頭。

他們互相注視，沒有一方再開口說話，摩天輪已將他們帶至最頂端。

廷佑朝湘綾的嘴唇輕輕一吻。

起火

1

「這周末要不要一起去看電影？」

這是雅涵第三次邀約阿弘一起看電影，雖然並不是告白，但每次說出口時心中總會感到有些悸動。她直視著阿弘，內心抱著一絲期待，而阿弘的臉色依舊淡然，此刻的時間感覺過得特別慢。終於，阿弘開口了。

「再看看吧。」

緊張的氣氛頓時化解，同時也伴隨著些許失望，讓雅涵想吐出一大口氣。雖是說氣氛緊張，但這麼覺得的也只有雅涵吧。

「又是這樣說。」

雅涵毫不掩飾地將不滿表現在臉上，她噘起圓潤的雙唇，像是小朋友在鬧脾氣。

阿弘揚起嘴角，發出只有自己聽得到的笑聲。他的回答始終如此，都是以簡單的字句搪塞過去，至今還沒答應過雅涵。

這裡是K大的空手道社團教室，淺色木質地板配上鋪滿整面牆的鏡子，空間大約可容納三十人活動。與其說是空手道教室，更像是舞蹈教室。

阿弘轉身面對鏡子，理了身上的道服。

雅涵也轉頭看著鏡中的自己，氣嘟嘟的面容就連自己看了都不覺得討喜。雅涵擁有雪白般的肌膚，水靈靈的一對杏眼，留著黑色長直髮和空氣感瀏海，纖弱可人的樣子讓人看了會有種想要保護她的衝動。

雅涵又望向鏡子裡的阿弘，約一百七十五公分左右的身高比自己高出一顆頭，濃眉大眼，五官清秀，留著像是韓國明星一樣的短髮。

雅涵和阿弘都是K大空手道社的社員，也都是資訊工程系二年級的學生。他們最初是在一年級時的通識課上認識。

「妳在系上隨便找一個人陪妳去就好啦。」阿弘透過鏡子看著雅涵說道。

「我對他們沒興趣啦。」

說完，雅涵垂下面容，隱約可以看到她的臉頰有些通紅。她不敢直視阿弘，而阿弘則是笑了兩聲。

「我要回家了啦！」雅涵旋即轉過身，道服都還沒換下來就拿起包包步出了社團教室。踏出K大的校門口後，雅涵沿著街道走了一小段路，又轉進了某條巷子，因為穿著空手道服的關係，一路上似乎受到許多旁人聚焦。

雅涵走進一間小茶館後隨便找了個位子坐下。平常沒課或是有空閒時間，她都會來這裡喝茶或吃些點心。今天她點了杯日式烏龍茶和一塊巧克力蛋糕，雖然才下午五點多，但她打算把這些就當成是今天的晚餐。

邊吃著巧克力蛋糕，她一邊回想剛才在社團教室與阿弘的對話和互動，此時雙頰又通紅了起來。

「妳在系上隨便找一個人陪妳去就好啦。」阿弘的話又浮現在雅涵的腦海中。

的確，要是雅涵主動開口，一定會有不少人答應，畢竟她所就讀的是資訊工程系，系上的女生本來就不多，加上以雅涵的條件和姿色，已經可以說是系花了，不，要說是校花都不為過，因此追求者自然也不少。

但如雅涵那時不經大腦的脫口，她確實對其他男生沒有興趣。而且她主要的目的並不是看電影，而是和阿弘約會。

「為什麼我要被那個笨蛋影響心情啊。」雅涵在位子上輕聲嘀咕，聲音小到自己都聽不清楚。

阿弘的面容又再度浮現在雅涵的腦海中。

雅涵握起拳頭，她用指關節不停地往自己腦袋敲打。

這時，一輛鳴著笛聲的消防車從小茶館前面經過，震耳的笛聲幾乎蓋過了周圍所有聲音，這讓雅涵的心情更加浮躁。沒多久後，一切才又回復安寧。

又不知道過了多久，雅涵也不知道自己何時已經吃完面前的巧克力蛋糕，她的嘴邊還沾著巧克力醬。

走出小茶館，雅涵朝著自己租屋處的方向前進，因為她的家鄉並不在這座城市，所以必須靠著租屋生活。而她的租屋處離學校並不遠，用走的就可以到了，那是一棟五層樓的飯店式建築，裡面全是出租給學生的單人套房。

雅涵沿著街道邁步，本來應該在眼前這條巷子右轉，但她突然改變了主意。她心想，反正回到租屋處後也沒什麼事情，不如去找湘婷聊天吧，也可以順便對她訴苦今天在社團教室發生的事。

湘婷是雅涵高中時就認識的摯友，至今已經有四年多的交情。而在大學的升學考試中，她們順利考進了同一所大學，但是她們的科系不一樣，湘婷就讀的是財務金融系。

湘婷住在同一條街道的後兩條巷子內，一棟稍顯老舊的四層公寓式建築，但內部格局卻設計成小坪數的單人或雙人套房，公寓一樓是便當店的店面。

雅涵沿著街道直行，雖然常想著要是能和湘婷一起住就好了，但當初實在找不到同一棟相鄰的房間。然而最主要的原因還是，湘婷比較想要和他的男友正彥同住一間雙人套房。

雅涵一轉進湘婷租屋處的巷子，眼前的景象便令她匪夷所思，一開始還以為是有什麼活動或是哪家餐廳的生意特別興隆，但看到眼前的人群站在原地一動也不動且望著同一個方向，這個想法立刻打住。她再往更深處探頭，湘婷的租屋處前方正停著一輛消防車，抬頭一看，不斷有濃煙從那棟公寓式建築的某間窗戶竄出。

雅涵緩緩前進並穿過人群，她的心跳正急遽加速，全身毛細孔擴張，內心頓時被一股不安的氣息支配。

濃煙是從三樓的第一個窗戶冒出的。

那是湘婷的住處。

2

幸好消防隊及時趕到，火舌並沒有延燒到其他地方。現場停了一輛消防車、一輛救護車和兩輛警車，整條巷子幾乎無法通行，警方人員也正在維護現場秩序。不久後，幾個扛著攝影機的壯碩男子和拿著麥克風的男女也走近現場，似乎是剛到的記者。

雅涵佇立在靠近救護車的地方，她目睹了湘婷躺臥在擔架被送上救護車的過程，而湘婷的雙眼並未睜開，感覺只有微弱的呼吸，像是睡著了一樣。

當湘婷的身影消失在雅涵眼前時，周圍的空氣彷彿靜止，五感全失，她壓住自己的胸口，甚至感受不到自己的心跳。直到肩膀被從後方衝過來的男子撞上，她才霎時回神。

「抱歉！」男子的身材高瘦，手中的塑膠袋內裝著兩盒便當，他回頭向雅涵道歉一聲，又繼續踏起步伐，但才躍起一兩步，男子又再度回頭望向雅涵。

「張雅涵!?」男子對雅涵喊道。他正是湘婷的男友李正彥。

正彥回頭快步走到雅涵面前，他激動地抓住雅涵的雙臂，雅涵則是木然地看著正彥惶恐不安的面容，旁分的長瀏海幾乎遮住了正彥半隻眼睛。

「喂，這是怎麼回事？」正彥高聲喊道。他的聲音引起了周圍路人的注意。

雅涵愣了好幾秒才終於開口回應道：「湘婷被抬上救護車了。」

「什麼？」

由於雅涵說得很小聲，正彥似乎沒聽清楚，雅涵才又稍微提高音量再說一次。說完，正彥回頭看了救護車的方向，此時救護車已經鳴起笛聲，輪胎開始轉動。

正彥的雙手從雅涵的肩膀上放下，他看著救護車從自己身邊駛過，透過車窗可以看到湘婷躺臥在車內的身影，臉上掛著氧氣罩，虛弱地呼吸著。

車窗反射正彥的面容，他才知道此時自己的表情是多麼難看。當自己的臉與湘婷重疊時，時間彷彿停止流動，全身就如吞了鉛塊一樣重。

正彥的視線直跟著救護車，直到救護車駛出巷子消失在他的眼前。

雅涵望向正彥。

拜託千萬不要有事啊！——正彥的表情如此訴說著。

「裡面還有一個人！」其中一名消防隊員的聲音從一樓大門內傳出。宏亮的聲音吸引了雅涵和正彥的注意。

還有一個人？怎麼可能？——

聽到傳令，消防隊員們又加緊了動作。夕陽消逝，天色已逐漸黯淡。

「我是她男友，跟她一起住。」

正彥直挺挺地坐著，他正在警局內的某間隔間。坐在對面的是一名頭髮半白的中年警官，身材有些臃腫。

「你今天傍晚那段時間在做什麼？可以詳細說明一下嗎？」中年警官的語氣沉穩，卻感受不到一絲溫度，使正彥更加緊張。

雅涵此時應該也在警局的別處接受問話，他們是一起到警局的。

「我那時候出門去買晚餐……」說到這裡，中年警官開口打斷他的話。

「大概幾點幾分？」

「好像是……五點半左右。」正彥偏著腦袋，努力擠出記憶。

中年警官比出手勢，示意正彥繼續說下去。

「我到了附近的鍋貼店買晚餐，因為前面還有排隊的客人，所以花了比較多時間等待。」正彥又補充說道：「喔，大概是三十分鐘左右。」

「等便當等了三十分鐘？」中年警官語氣疑惑瞪著正彥。

「啊，不，抱歉，是從出門到回去。」

「能說一下鍋貼店的店名嗎？或是詳細的地址。」

正彥一邊說著，中年警官邊在他桌前的A4文件紙上振筆疾書。

「你是在調查我的不在場證明嗎？」當正彥這麼開口時，他也相當意外自己會講出平時只會在電視上或是小說裡頭看到的名詞。

「這點請您自行想像，調查被害者的相關人也是我們的工作。」警官的語氣嚴肅。正彥對此感到不滿，但也無可奈何。

隨後中年警官又繼續問：「為什麼不在樓下的便當店買就好了？」

「因為有時候也想換一下口味。」說完，正彥便在心底暗自嘀咕，問這個幹嘛？關你屁事。

警官盯著桌上的文件，他用原子筆頭敲了桌面兩聲，「在你出門時，黃小姐正在做什麼？」

黃小姐指的是湘婷。黃湘婷是她的全名。

「她在睡午覺。」

警官又點了幾下頭，又接續問了一堆瑣碎的問題，大致上都是關於傍晚這段時間的事件經過和湘婷的人際關係，過了約一個小時，問話才終於結束。

走出隔間後，正彥看到雅涵也從另一個方向走了出來。當他注意到雅涵時，某位警官的聲音又傳入耳邊。

「今天麻煩你了，以後可能還有需要打擾的地方。」

往聲音的方向一看，這次是個體格精壯的年輕警官。

正彥對年輕警官微微欠身，接著問：「請問……湘婷的狀況現在怎麼樣？」

「剛剛有向醫院聯絡過，仍然是昏迷狀態。」年輕警官的語氣依舊沉穩，「你需要醫院的地址嗎？」

「好，麻煩了。」正彥聽到昏迷這兩個字時，有種全身內臟破裂的感覺。

年輕警官用一小張便條紙寫下了醫院的名稱和地址，雅涵也已湊到正彥身旁。

「回去後早點休息吧。」語畢，年輕警官便走入警局深處，看樣子是要繼續辦案。

雅涵看著正彥手上的便條紙，同時問了他湘婷的情況，聽到事實後，她也擺出從未如此凝重的神情。

雅涵記住了醫院名稱，K市立醫院，隨後邁步走出警局。

「趕快過去吧。」雅涵對正彥說道。

正彥點頭同意後便跟上雅涵，兩人並肩走向街道。

「警察都問了你什麼啊？」雅涵先問了正彥。

「問我那時候在做什麼、去了哪裡、湘婷當時在做什麼、平時的交友狀況什麼的，都是一堆無聊的問題。」

「我也差不多。」

「而且詢問我的那個刑警一直一臉不耐煩的樣子。」正彥抱持著這個警察到底能不能順利辦案的疑惑。

「就暫時相信他們吧。」雖然雅涵這麼說，但臉上也是帶著一絲不安。

雅涵和正彥走進捷運站，他們用手機再次確認了醫院的位置。

在搭捷運時，正彥的憂心更是難以掩飾，雅涵也一臉焦急，只有今天覺得捷運行進得特別慢，但另一種心情卻是害怕見到湘婷現在的樣子。

雅涵在許久的沉默後開了口。

「你都不覺得奇怪嗎？」

正彥大概也猜到了雅涵想說的是什麼意思。

「嗯……的確很不尋常，那個身分不明的人到底是誰……而且我才離開短短半小時的時間……」

正彥和湘婷的住處失火後，在裡面發現了一具男性遺體，但該住處除了正彥和湘婷外，沒有其他人會使用。正彥思考著這個問題，但現在心裡更擔心的是湘婷。

「那個人已經死了。是警察先生跟我說的。」

「嗯，這我知道。」

正彥嘆了一聲又粗又長的氣，隨後說話的語調開始有些哽咽。

「其實她本來是要跟我一起出門買晚餐的……」

雅涵望向正彥，不發一語。她低下頭，聽著正彥說下去。

「要是我答應她讓她跟我一起出來就好了……」

雅涵想說些什麼來安撫正彥的情緒，但完全想不到任何適當的話語，她對於安慰人就是不擅長，一直以來她都是扮演被安慰的角色。

正彥又帶著哭腔輕聲說道：「那時候我看她好像很累，一大早就去學校上課，回家後又搞了一下午的報告，才想說讓她待在家休息一下。」

正彥用拳頭抵住自己的額頭，眼淚從他眼眶滴落。

「這也不是你的錯啊。」雅涵好不容易才擠出這一句話。

「要不是我……要不是我……早知道……」

雅涵已經聽不清楚正彥在說什麼，下一秒正彥又提高了音量。

「當初根本想不到會發生這種事啊……」

捷運開始減速，輪子和鐵軌發出刺耳的摩擦聲，語音播報配合鈴聲響起，即將抵達下一站。

3

到了K市立醫院，雅涵和正彥向櫃台確認湘婷的病房後急起直奔，當正彥看到房名時，心又涼了一半，他只記得看到了「加護」兩個字，後面的數字完全沒印象。

進到湘婷的病房後，看到眼前躺在機械式病床上、戴著氧氣罩、吊著點滴的湘婷，不只是正彥，連雅涵也跟著落下淚來。

病床旁站的是一名男醫師和一名女護理師，雅涵和正彥行了禮後便走近湘婷身旁。

「是黃小姐的家屬嗎？」穿著白袍的醫師主動開口問道。

「嗯……」雅涵和正彥同時開口，他們並沒有回答說是，於是雅涵補充了一句：「我們是她的朋友。」

「請問……她現在的狀況……」正彥急忙開口問道。

醫師看了躺在病床上的湘婷一眼，接著開始解釋湘婷的狀況。醫生如何說明的，正彥已經記不清楚詳細過程，總之結論是，湘婷因為吸入了大量濃煙導致嚴重嗆傷，抵達醫院時已無任何生命跡象，經過急重症醫療團隊搶救，總算保住性命，也順利恢復呼吸心跳，雖說目前已脫離生命危險，但仍處於昏迷狀態，必須持續觀察，況且目前的昏迷指數有三。唯一慶幸的是，湘婷並沒有受到任何燒燙傷，皮膚狀況還很良好。

「總之目前還不能大意，不過我們會盡力做到最好。」醫師語氣溫和，不知為何聽了讓人感到放鬆，似乎是因為經常安撫病人或家屬所以養成如此說話的習慣，但從中又能感受得到醫師的嚴肅，和警察相比簡直是相判雲泥。

「另外，也請你們做好某種心理準備。」醫師的語意有所保留，雅涵和正彥都能體悟醫師的意思。

「今天先讓她稍微休息吧。我們先告辭了。」語畢，醫師和護理師便離開病房，雅涵和正彥拉了兩張椅子坐在病床旁。

「要是湘婷真的一直不醒來……」雅涵話還沒說完，便發覺自己所言不妥，立刻起抿起雙唇。正彥也不自覺地屏息，胸口彷彿被重搥，他抑制著自己不要往那方面思考。

看著正在受苦的湘婷，雅涵和正彥滿是不忍。

要是可以幫她分擔一些痛苦就好了，一定要快點醒過來啊——雅涵如此心想著。

正彥伸手握住湘婷的手。看著眼前的景象，一股激憤的情緒從雅涵的內心衍生出來。

「一定要找出害湘婷變成這樣的兇手！」

聽到雅涵脫口，正彥眼光詫異地看向雅涵。

「找出兇手？妳在說什麼啊？兇手已經死了啊！變成焦屍死在我家啊！」

「他又不一定就是兇手，警察只說是初步判定啊，而且不管他是不是，他出現在那裡就很奇怪啊，你難道不想搞清楚到底為什麼會發生這種事嗎？」從雅涵的眼神可以看出她的意志堅定。

「也是啦……但是……」比起查出那具焦屍的身分和目的，正彥此刻更想陪伴湘婷直到她甦醒，那些事大可等到湘婷醒來後再說。

「總不能什麼事都不做痴痴地等到警察破案吧，一定要為湘婷做點什麼才可以啦。」雅涵不甘願地說道。

我想做的，就是先陪在湘婷身邊。正彥很想這麼說，但他把話藏在心裡。而此刻，他還在懊悔今天傍晚沒有讓湘婷陪在身邊。

加護病房的探病時間只到晚上十點半，他們必須在那時間前離開。直到離開前，正彥都沒鬆開過他握住湘婷的手。

「學生住宅釀火災，女大生順利救出，屋內卻驚見身分不明焦屍」晚間新聞的標題聳動，記者口條流利地報導著。

正彥盤坐在電視機前，他從離開醫院後就一直關注此事件的新聞。

這裡是阿弘的租屋處，正彥打算在這借住一陣子，他只準備了些簡單的個人生活用品，並在地上鋪棉被當暫時的床鋪。

阿弘也是單獨從外地來到K市讀書，一個人住在這間約六坪大小的套房，部分房租由他打工的收入負擔。由於他的打工性質是自由排班制，在必須撥出時間練空手道的情況下，能排的班自然不多，因此收入相對也少，且還有生活開銷要顧，還是必須依靠親戚一部分的資助。

正彥和阿弘雖然是不同科系，但他也是在和雅涵相同的機緣下與阿弘結識，也就是大一時的通識課，湘婷當時也是同一組的成員，他們四人的個性雖然都不相像，卻意外合得來。課堂的小組活動便使他們成為要好的朋友。

「的確很奇怪呢。」

阿弘指的是這起火災事件。他的聲音模糊，正彥轉過頭一看，他正站在身後吃著肉包，同時看著電視的新聞報導，泰然自若。

阿弘今晚沒有到湘婷的病房探望，是因為結束空手道的練習後，還必須前往打工賺取生活費。

「是啊……」正彥看著電視回應道。

「你一直都沒吃東西吧？」

「咦!?喔，對啊，傍晚買的便當不知道什麼時候消失在我手上了。」正彥對突然冒出的問題感到不知所措。

「要吃點肉包嗎？冰箱裡還有。」阿弘問完，他便將手上的最後一口肉包塞進自己嘴裡。

「不用了，完全沒有食慾。」

「是喔？」

「我可不像你任何時候都能胃口大開。」

「哈哈，我有嗎？」說完，阿弘便坐到床沿，「對了，雅涵呢？」

「她跟我同時離開醫院的，現在應該在宿舍休息吧，我們打算明天一早就去醫院。」正彥的視線又回到電視螢幕上，新聞不斷播送著濃煙從公寓竄出的畫面。

「明天一早？不用上課嗎？」

「當然是翹掉了啊，現在誰還管上課。你要一起來嗎？」

「明天要練空手道，有空的話就過去。」

「呿，真是沒情義。」正彥停頓了一會兒，又繼續開口道：「也對啦，全國大賽又快到了。」

全國大賽指的是全國大專院校空手道競賽，阿弘在去年第一次參加就拿下了男子組第二量級的冠軍，受到了學生空手道界的矚目，加上外表英俊挺拔，已算是小有名氣的人物。

而正彥完全無法想像，眼前如此態度輕浮，處事又隨性的阿弘竟然是全國空手道冠軍。

「我會找時間去探望她的。」阿弘微笑著說道。

「嗯。」

正彥一直很疑惑，阿弘到底是並未對湘婷的遭遇產生任何情緒，還是只是不想表現出來。從認識阿弘以來，從未見過他有太大的情緒反應

正彥關掉電視，屋內頓時陷入一片寂靜。

阿弘倏地往床上一躺，對空氣揮出手刀，但這不是正手刀，而是大拇指收起，掌心朝下的逆手刀。

「你在幹嘛？」正彥看著阿弘問道。

「沒事。」阿弘則又以微笑回應，「想起一些以前的事而已。」

正彥不以為意，便沒有再繼續回應。

阿弘望著泛黃的天花板，某些畫面又漸漸在他腦海浮現。

要是她有比全國大賽的話，現在應該會是女子組的冠軍吧！——

「哇！竟然已經兩點了。」

正彥的高喊打斷了阿弘回憶，他們的確沒有注意時間到底過了多久。

「話說……」阿弘開口道，「你是怎麼認識湘婷的？」

「咦!?」正彥似乎又對阿弘突兀的問題感到不知所措。

雖然阿弘知道正彥和湘婷高中時就認識了，但他並不知道是在什麼樣的機緣下，只依稀記得正彥和湘婷高中時並不同校。

正彥隨後便開口回應：「喔，因為跳舞。」

「是喔。」

正彥和湘婷都在高中時參加了熱舞社，當時他們所在的P市，由於高中生們喜歡於某棟紀念館的走廊練舞，不時會與其他學校的社團互相切磋舞技，或是舉辦聯誼等公關活動，升高二的暑假時，他們就是在這樣的機緣下認識並進一步交往。

「怎麼突然問這個？」正彥問道。

「沒事，突然好奇而已。」

阿弘闔上雙眼，睡意漸漸侵襲他的大腦。

4

翌日，雅涵拖著極度疲累的身軀從床上爬起，她整晚幾乎無法安穩入睡，甚至覺得自己從沒睡著過，天色就在模糊的意識中亮了起來。

現在是早上六點十分，她整晚都在掛念湘婷，這種突如其來的意外使她一點真實感都沒有，摯友竟然在這種莫名其妙的狀況下昏迷，而且昏迷指數還達到三。她走進浴室，用清水反覆沖洗著自己的臉。

雅涵換上牛仔短褲、白色的素面T恤外加上灰色的薄外套，春天已經過了一半，但空氣中還是留有些寒意，近幾年的冬天似乎都很晚才離開。

雅涵到了湘婷的病房，湘婷的狀況依然和昨晚一樣，雅涵試著呼喚湘婷的名字，但終究得不到任何反應，唯有架在一旁的生理監視器穩定地發出嗶嗶嗶的聲響。生理監視器上的螢幕顯示著心跳每分鐘六十五下，而心跳下方還有其他數值，分別是血壓、血氧和每分鐘呼吸次數，雖然雅涵看不懂這些數值代表的意義，但剛來過的護理師說一切正常，讓她得以暫時安心。

湘婷，加油！──雅涵在心中默默為湘婷祈禱。

不久後，房門打開，走進來的是正彥。

「妳已經來了啊。」正彥對已經在病床旁的雅涵說道，但他的視線是在湘婷的臉上。

「嗯，整晚都睡不好，所以一大早就來了。」

「我也是，簡直越睡越累。」

正彥拉了椅子坐到雅涵身旁並注視著湘婷。近看正彥的面容時，才察覺他的皮膚簡直在一夜間老化了好幾歲，還伴隨一股濃濃的菸味。

「阿弘沒跟你一起來嗎？」雅涵看著湘婷的臉問了正彥。

「他說要去練一下空手道。」

雅涵聽到後輕輕地嘆了一口氣，但正彥似乎沒有注意到。

這種時候還能悠哉地練空手道的也只有那傢伙了啦！——

過沒多久，病房的門又再度打開，走進來的是一名身材適中的中年男子，而他身後又跟著一名年紀和他差不多的中年女子及一名年齡和雅涵他們相仿的年輕女性。他們看到湘婷時，三人的表情都像是喝到壞掉的咖啡一樣。

這三位分別是湘婷的父親、母親以及姊姊。

雅涵看到湘婷的姊姊湘綾時，覺得她和湘婷的外貌神似，在打了招呼聊過幾句後才得知她們只相差一歲。

昨晚得知湘婷住院後，湘婷的家人都特地向公司和學校請了假，今天一大早就從P市搭了高鐵趕過來。

「你就是湘婷的男朋友嗎？」開口問這句話的是湘婷的父親，他嚴肅地看著正彥。

正彥看了一眼湘婷的父親後又垂下目光，他的頭低到幾乎直視地板，緊張和愧疚交織成一股極大的壓力。在有很多話想說卻又不知如何啟齒的矛盾情緒下，他只輕聲回答：「是的。」

「把頭抬起來。」湘婷的父親說道。

聽著湘婷的父親說話時，正彥將雙手放在膝上，他用力地揪起褲管，還是沒有把頭抬起來。

「我叫你抬起頭沒聽到嗎！」湘婷的父親嗓音低沉且帶有磁性，很像是電視劇的資深演員，尤其是在說這種帶有怒意的話時。

這時，正彥才抬起如石頭一樣重的頭，並說了聲：「對不起。」

「你道歉一句就有用嗎。」湘婷的父親提高嗓音，周圍的人都忍不住縮起肩膀，「要是湘婷永遠不醒來，我看你要怎麼負責！」

「對啊，這對我們來說可不是小事啊！」湘婷的母親也在一旁附和，眼眶紅潤，情緒激動。

「你最好清楚交代這到底是怎麼回事，不要以為道歉就能解決問題。」

湘婷父母的一言一語都直搗正彥內心深處，又有如砲火接連轟炸，使正彥快喘不過氣。他不知道何時又低下了頭，即使知道不完全是自己的錯，但還是無法正眼面對湘婷的家人。

雅涵看著眼前的景象，不知該如何是好，而自己也跟著掉下淚來。

「好了啦！」湘綾突然出聲，對著父母親吼道，「這也不是他願意的啊，誰也不知道會發生這種事嘛！你們不要這樣子為難人家。」

經過湘綾的緩和，氣氛才稍微平靜下來。

湘綾緊握住湘婷的手，然後為湘婷梳理她的瀏海，在觸碰到湘婷的肌膚時還能感受到體溫和氣息，讓湘綾相信她只是暫時睡著。

不久後，湘婷的父親皺著眉頭，面色依然嚴肅，看了一下手錶說：「我們待會還要去一趟警局，晚點還會再過來。」

正彥點頭回應，雅涵則說了聲：「好。」

和湘婷的家人們道別後，他們一家人便走出病房，在踏出房門時，他們不忘回頭多看一眼湘婷。

在湘婷的家人們消失在視線時，正彥輕聲嘀咕。

「沒想到第一次見到她的家人會是在這種情況下。」正彥又嘆了一口長氣。

「什麼？」雅涵望向正彥。

「沒事。」

到了傍晚，阿弘也終於來到湘婷的病房，但雅涵還是忍不住挖苦阿弘。

「今天比較早休息喔。」

阿弘則是淡然地回應道：「是啊。」

「早上湘婷的家人有來過喔。」雅涵又接著說道。

「是喔，那有怎麼樣嗎？」

「什麼怎麼樣？」

「就是……是不是有說了什麼之類的？」阿弘看了正彥。他從進來病房後就注意到正彥的心情似乎比昨天更為沮喪，所以才會這麼問。

「也沒特別說什麼，就是……」

雅涵說到一半時，突然被正彥的聲音打斷。

「被嚴厲斥責了一番，但這也沒辦法。」正彥嘆了一聲氣，「而且這樣反倒讓我感到痛快，要是他們不對我生點氣，我反而會覺得更不好意思，更愧疚。」正彥看著湘婷的面容，他把稍長的瀏海往腦後撥，能明顯看到正彥的雙眼泛紅。

「我去抽根菸。」說完，正彥站了起來朝著房門走去。

阿弘在正彥原本的位子坐下，他皺著眉頭問：「到現在還沒有確定那個焦屍的身分嗎？」

「我也不知道。」雅涵搖著頭，「我目前只曉得初步判定的結果，可以確定犯案的就是那具身分不明的焦屍。」

阿弘又開口道：「是警方的初步判定嗎？」

「對啊，不然呢，你在問廢話喔。」

阿弘的表情若有所思，病房內陷入一陣沉默，又是只有生理監視器發出規律的嗶嗶聲。

過了不久，阿弘才又問：「他們怎麼確定的？」

「這個嘛……不知道，我也沒有問。」雅涵眉頭緊蹙。

「看來還是得等警察那邊調查了啊。」

「那個……」雅涵輕聲開口，「我們能不能幫湘婷做些什麼？」

由於雅涵說話的聲音太小導致阿弘沒聽清楚，與其含糊地再說一遍，不如一鼓作氣說出心中的想法。

「總之，我實在沒辦法癡癡地等警察那邊破案啦，我想趕快知道這件事的真相，所以在想能不能自已調查些什麼。」

「我是可以理解妳的心情啦，但妳要從何開始調查又要如何調查，光是這些……」說到這裡，雅涵又用更高的音量蓋過阿弘的聲音。

「你不也是湘婷的朋友嗎，看到自己的朋友變成這樣你為什麼都不會難過，為什麼你還可以這麼自然地過日子，朋友對你來說……」雅涵說話的音量漸小，語氣變得有些哽咽，「算了……反正你眼裡只有吃的啦。」

永遠都只知道吃的笨蛋——

阿弘默不作聲，雅涵也沒有再說任何話。阿弘抓著後腦杓，稍顯無奈地看著雅涵。朋友變成這樣怎麼可能不難過，只是阿弘不太善於表達感情罷了。

正彥回到了病房，手上邊操作著手機。當他靠過來時，能感受到他身上殘留的菸味。

「剛剛有刑警打給我。」正彥輪流看了阿弘和雅涵，「他跟我們約在附近的咖啡廳，說有些事想問我們。」

如果有湘婷認識的朋友，可以的話也一起來吧。刑警在電話中是這麼告知正彥的。

「咦!?現在嗎？」雅涵問道。

正彥看了一眼手機確認時間。

「嗯，差不多。」

「這麼突然……」雅涵倏地從椅子上起身。阿弘則是過了幾秒後才站起。

「是啊，那個刑警應該已經在這附近了。」

離開病房後，他們剛好在醫院的走廊遇見湘婷一家人，他們正朝著湘婷的病房走去，雙方都互相點頭行禮示意，但臉上都是極其勉強擠出的笑容，尤其是正彥實在不知道該擺出何種表情。

這是阿弘第一次見到湘婷的家人，但他卻能一眼認出，這是因為他看到了湘綾，他一看就知道是湘婷的姊姊或妹妹。

「我都不知道湘婷還有個雙胞胎姊妹。」阿弘又回頭望了湘綾一眼，連背影都一模一樣。

「那是她姊姊，叫湘綾。還有，她們不是雙胞胎，差了一歲。」不過剛剛看到時我也差點以為是雙胞胎。雅涵把這句話吞了回去。

阿弘一臉不可思議的表情，這個表情意義不明。

「也很漂亮對吧。」雅涵又補充了一句。

她們姊妹倆都很漂亮這點確實無可否認，想必是遺傳到父母的優良基因吧。

湘婷和湘綾都有著一對亮麗的丹鳳眼，也都留著一頭淺棕色的旁分長髮，身材勻稱，算是所謂的古典型美女，要說有哪裡不一樣，大概是湘綾的眼睛稍微大一些。在氣質方面，或許是因為湘婷接觸舞蹈的關係，比起湘綾，她身上散發著一股女王般的氣息。

「他們今天都要住在這嗎？」阿弘接著發問。

「沒有，聽說他父母工作都很繁忙，今晚就得回去。她姊姊也是，這幾天好像有重要的報告和考試。」

比起陪伴家人，工作真的有那麼重要嗎？——阿弘暗忖。他在中學時，也對父母有過相同的疑問。

5

咖啡廳就在醫院正門的斜對面，走出醫院就可以清楚地看到咖啡色和白色搭配的招牌。明明只是過一條馬路就可以到的距離，雅涵似乎已經按奈不住情緒，光是等紅綠燈就使她心浮氣躁。

咖啡廳外約有五、六桌戶外席，這種爽朗的天氣，卻沒有人選擇坐在外面，倒是有個看起來三十多歲的男子在這抽菸。

他們也選擇坐在室內，室內約是二十坪大的空間，客人坐滿了七成，環境吵雜之外，店內的音響還播放著旋律雜亂的饒舌歌曲。也難怪刑警會選擇這家店，這裡的確很適合密談。

雅涵等人四處張望，卻沒有發現像是刑警的人影，也沒有人向他們示意，於是他們便隨便找了個四人座的位子坐下。原本應是兩兩面對，但他們卻把椅子拉成三人一排，留下對面一張位子。

雅涵坐在中間，左右分別是阿弘和正彥。剛坐下沒多久，雅涵又開始四處張望，一旁的服務生還以為他們已經決定餐點了。

雅涵請服務生再稍等後，一名男子便在他們對面的那張椅子坐下，他們一時還沒反應過來，過了兩、三秒才猜到。

「您就是陳警官嗎？」先開口的是正彥，雅涵似乎也想問相同的問題。眼前的這位正是剛剛在外面抽菸的男人，完全看不出來是刑警，而正彥昨天在警局時也沒見過這位人物。

或許是因為剛剛在外面討論要選室內還是室外的座位時被這位刑警聽到，他才能如此確定眼前這些人就是湘婷的朋友，也就是他要找的人。

「是的，有些問題麻煩你們了。」陳警官散發出豪邁大方的氣息，他個子很高，五官深邃，穿著一身休閒式的西裝。他抓起菜單舉到面前，看了不到十秒，又遞到了雅涵面前。

「想吃什麼或喝什麼都不要客氣，我請客。」在說出我請客三個字時，陳警官的聲音顯得特別宏亮。

「今天只是想請教你們一些簡單的問題，是針對黃小姐的事。」

雅涵邊看著菜單邊點頭。我也有些事想請問。雅涵很想這麼回應陳警官，但還是考慮不說，她又專注地看著菜單上一行行文字。

「要點多少都可以嗎？」阿弘抬起頭問道。

「當然。」

得到答覆後，阿弘一臉滿意的笑容。

陳警官喚了服務生，快速點完餐後，服務生收回菜單並離開桌旁，陳警官便開始切入正題。

「先簡單認識彼此吧，我姓陳。」陳警官從西裝內側的口袋拿出警證亮在他們面前，全名是陳信文，「方便跟我說一下你們的姓名還有和黃小姐的關係嗎？」

首先開口的是雅涵，看得出來她現在非常焦慮。

「我叫張雅涵，和湘婷從高中認識到現在。」

「哦！妳就是雅涵啊，請多指教。」

雅涵顯得有些訝異，但想了一下其實也不足為奇，他應該是從昨天的筆錄得知雅涵的名字。

「我……」

當正彥要開口時，陳警官將手舉到他面前，「你應該就是李正彥對吧。」

正彥點了頭，他也不知道陳警官是從哪看出來的。

陳警官又接著說道：「抱歉，冒然聯絡你。」

「不會，沒關係。」

陳警官的視線轉向阿弘，在他開口詢問前，阿弘便先說出了自己的名字。

「名字還蠻特別的。」陳警官在聽到了阿弘的名字後這麼說。

接著，陳警官從西裝內側的口袋拿出一本黑皮製筆記本和原子筆，與剛剛拿出警證時是同一邊的口袋。他翻開筆記本，請阿弘寫下他的名字，也順便請他留下聯絡方式。

仔細觀察後發現，這位警官並沒有隨身的包包或是袋子，也就是說他的菸盒和打火機應該也是放在身上的某個口袋。這個刑警的口袋還真是萬能，雅涵等人都有如此的想法。

「關於黃小姐的事件，就惡意傷害的觀點來看，你們有沒有什麼想法或是線索？」陳警官的態度在眨眼間驟然改變，他的眼神犀利，和剛剛豪邁的樣子簡直判若兩人。

雅涵被陳警官直瞪著，或許是因為雅涵是他們三人之中與湘婷相識最久的。

「你的意思是指……湘婷可能招惹到什麼人嗎？」雅涵面色擔憂。

「這是其中一種可能，並不是絕對，我們只是先從這個觀點切入調查，如果發現這個推論錯誤，會就其他可能性繼續追查。」

聽到陳警官這麼說，雅涵才稍微放下臉色。

「怎麼樣，有想到什麼嗎？」陳警官再問了一次，「或者是說，有沒有人會因為黃小姐的死而得到好處。」

雅涵一度將視線別開陳警官的雙眼，像是承受不住陳警官如針銳利般的眼神，也像是正在挖掘腦海中的記憶。

「我想……從我跟她認識以來，她應該是沒有和什麼人有爭執過才對。至於會因為湘婷的死而得到什麼好處的人，就我所知應該也沒有吧。」

雅涵能對此掛保證，她和湘婷幾乎形同手足。但如她所說，這卻僅止於她們認識的這段時間，她並不了解湘婷高中以前的生活狀況和人際關係。

「認識以來？妳們都沒有聊過高中以前的事嗎？」

「不，偶爾會聊，但也不是什麼都聊啊。至少她沒提過曾和人發生爭執。」

陳警官不停揮動原子筆，筆頭和紙張摩擦打出輕快的節奏。

服務生在這時送上餐點，每個人都是一份甜點配上一杯咖啡，唯獨阿弘面前的甜點有三種。

待服務生離去之後，陳警官又輪流看了雅涵、正彥和阿弘。

「這麼說，可以排除惡意傷害的可能嘍？」

「應該是吧……」雅涵的眼神飄了一下，被陳警官這樣逼問，內心不免會產生動搖。

陳警官接著又將視線移向正彥，「如果不是一般的爭執呢？」

「這話是什麼意思？」雅涵問。正彥也是一臉不解，陳警官的這句話似乎有言外之意。

「意思就是……」陳警官的視線又回到雅涵的臉上，但接著又再看了正彥，「黃小姐有沒有前男友之類的？或是有沒有其他男生正在追求她，又或是曾追求她但失敗過的男生。」

正彥被這問題所驚動，他這時才頓悟剛剛陳警官所說「不是一般的爭執」指的原來是感情方面的糾紛，雖然他不確定有沒有其他男生曾追求過湘婷，但他能確定他是湘婷的第一個男朋友。

一旁的阿弘突然開口，在說話時，他也一邊將面前的食物往嘴裡送。

「嗯，如果追女生失敗或是感情不順利，因而產生殺意，的確蠻有可能的，現在這種恐怖的男生很多喔。」阿弘又接著補充：「啊，女生也是。」

「你這麼說是沒錯，但我想湘婷應該不是這種遭遇。」正彥反駁，「我是湘婷交往的第一個男朋友，所以應該可以排除感情糾紛的可能。」

「這麼說的話，也沒有其他男生追過湘婷嘍。」

「這個……」正彥的語氣有些囁嚅，「我是沒聽她提起過……」

在阿弘插話的過程中，陳警官又不知道在筆記本上寫下多少東西，也不知道到底寫了什麼。

「為什麼會這麼問？是不是查出那個縱火犯的身分了？」雅涵對著正在振筆疾書的陳警官問道。

「不，只是隨便問問。」

雅涵對於陳警官說出「隨便問問」感到些不快，嚴肅的面容下，答覆竟然如此輕浮。但陳警官接下來的話又使她產生興趣。

「犯人的身分目前仍然不明確，因為屍體的毀損程度嚴重，大部分都已被燒得焦黑以致於無法從外觀辨別身分，所以將由鑑定團隊進行解剖和DNA鑑定，這可能需要一段時間。而且現在局裡還有另一起較大的案子要處理，警力大部分都被分配到那了。」

「怎麼這樣……」雅涵垂頭喪氣，但下一秒又舉起頭猛然問道：「等等，你說完全燒得焦黑……有這麼嚴重？」

「沒錯，犯人是在自己身上倒了汽油並引燃，這也是為什麼我們會以惡意傷害當作出發點來思考。也就是說，這是起預謀犯案，而且，這點更加強了我們警方對感情糾紛的想像。」

陳警官又看了正彥問道。

「你們的住處平常會放汽油桶這種東西嗎？」陳警官一副已經知道答案的神情。

「不會……」正彥面色凝重，可能是因為聽了陳警官剛剛所說的話大受打擊，他無法接受有人會想惡意傷害湘婷。

「那就沒錯了，我們在現場發現了汽油桶，那應該是犯人自備的，他似乎打從一開始就想和黃小姐同歸於盡。」

「這麼說來，可以確定犯人就是那個身分不明的人嘍？」雅涵問出內心一直想問的問題。

「沒錯。」

「這……這怎麼可能……也太荒謬了！」正彥垂下面容，他用力地按住自己的額頭。

「這還只是其中一種推測而已，並沒有下定論，所以你們要是有想到什麼線索，就算是一點芝麻小事也可以，請與我聯絡。當然，如果黃小姐能早日醒來，那會是最好的結果。」

「會不會是……」雅涵拉高了音量，望向正彥，「會不會是跟蹤狂之類的。」

陳警官的視線也轉移到正彥，他也想聽聽正彥的回答。

「跟蹤狂……？」

「對啊，最近這種噁心的變態不是很多嗎，隨機找人下手，並沒有特定對象，湘婷是不是被什麼奇怪的人盯上？」

「可是湘婷從來沒有跟我提過這種事啊，而且也很少有跟蹤狂會做出同歸於盡這種事。」

所有人又陷入沉思之中，陳警官接著提問。

「你們住處的鑰匙，除了你和黃小姐，還有誰會有嗎？」

「應該也只有房東了吧。」正彥無法肯定，因為管理鑰匙不是他的責任。

「可以給我你們房東的聯絡方式嗎？這點我們會再向他確認。」

「好，沒問題。」正彥同時拿出手機翻找著通訊錄，一一唸出房東手機號碼的數字。

陳警官記下房東的手機號碼後，同時也在筆記本上寫下自己的聯絡方式，隨後將那一頁撕下遞到了雅涵等三人面前，那是一串十碼的數字，應該是陳警官的手機號碼。

「總之，有想到什麼的話請與我聯繫，今天就先這樣，我們保持聯絡。」說完，陳警官就從他們三人面前離席。

還沒走到櫃檯，他又回頭說道：「對了，昨天下午，黃小姐應該是有課的吧，看她平時的缺曠紀錄，應該是屬於不常翹課的學生才對。」

「喔，因為她們昨天下午的老師臨時調課，所以才會待在家做報告。」正彥答道。

「謝謝。」語畢，陳警官便到櫃檯結了帳。

雅涵、正彥和阿弘都沉默不語，或許是一時說不出話，也或許是有太多話想說，不知道該從何說起。就連從頭到尾只顧著食物的阿弘也停下了刀叉，像是在思考著什麼。

咖啡廳內依然吵雜，就算背景音樂已從饒舌歌曲換成抒情歌曲，但聽了還是讓人感到焦躁。

雅涵轉頭望向咖啡廳外，透過店門可以看到斜前方的K市立醫院，陳警官正走了進去。

6

雅涵上完早上的課，走出教室，正中午的太陽直射下來，在原本還有些涼爽的空氣中感到一絲暖意。

雅涵確認了此刻的時間——十二點十五分。她又看了早上阿弘傳來的訊息。在早上九點左右，阿弘約了雅涵十二點半見面，地點是湘婷的租屋處樓下。

她完全無法理解阿弘的行動模式，原本以為他是睡過頭才沒來上課，沒想到又是翹課，不知道跑去哪裡鬼混。

但想到阿弘約的地點時，雅涵又覺得阿弘或許是在為湘婷做些什麼。

這兩天下來，雅涵也感受到同學們的關心，不論是以口頭或是文字訊息的形式，都有不少人向她了解情況，當然其中也包含湘婷系上的同學和老師。今天一大早，雅涵也忙著向一堆人解釋，大部分的人都覺得不可思議，而「不可思議」指的不外乎就是「身分不明」的縱火犯，但雅涵並沒有將陳警官所推測的感情糾紛告訴其他人，她目前還不願說出不確定的臆測，以免引起譁然。

雅涵到了湘婷租屋處樓下，便當店生意依舊熱絡，似乎完全不受任何影響。距離約定的時間還有五分鐘左右，周圍還不見阿弘人影。在原地等了兩分鐘左右，才看到阿弘一副泰然自若地走過來。

「你早上在幹嘛啊？」雅涵劈頭就問道。

「沒幹嘛啊，去逛逛電信行而已。」

雅涵嘆了一口氣，「你幹嘛老是去逛電信行啊？又沒有要換手機，完全搞不懂你。」

雖然雅涵本來就不期待阿弘會有什麼作為，但聽到阿弘這麼說時也不免感到有些失望，「我還以為你在為湘婷的事找什麼線索。」

「要這麼說也是可以啦。」

「咦!?」雅涵發出驚嘆，阿弘的回答帶給她一絲驚喜，「什麼意思？」

「你看到房內失火的時候，窗戶是打開的吧。」

雅涵搜索著記憶，那天傍晚的畫面再度浮現，恐懼和不安又朝著她內心襲來。濃煙從窗外竄出，令人震耳欲聾的救護車笛聲。

「是……是開的……」

「這就奇怪了。」阿弘抬頭看著樓上，直盯著湘婷和正彥住處的窗戶，「正彥跟我說……他那天出門買晚餐時，窗戶是關上的。」

「那可能是湘婷……」雅涵只把話說到這。

「總之，先上去看看吧。」語畢，阿弘便打開便當店隔壁的大門，走上樓梯。鑰匙是昨晚從正彥那裡借來的。

走上三樓，左右兩側原本應該是鐵製的大門，但由於公寓改建，房東為了增加收租效益，硬是把一戶的空間隔成兩戶，現在只剩下鐵門框。

阿弘穿過左側的鐵門框，雅涵也跟在後頭，眼前是一大面白牆，而視線的正中央，是指向左右兩邊的箭頭，指著左方的箭頭上標示著「三〇一」，而指著右方的標示著「三〇二」。

雅涵隨著阿弘往左走到了三〇一號房門前，這裡便是湘婷他們的住處，深褐色的木門上還有些燒焦的痕跡，更顯眼的是，門外拉著封鎖線。

阿弘毅然轉動門把，門沒有鎖。

木門沒有被破壞過的痕跡。

他聽正彥說，當天出門時，這扇木門並沒有鎖上，若只是短暫的出門，正彥不會在意有沒有鎖門。

「喂，這樣不好吧。」雅涵輕聲地說。

阿弘並無理會，打開了木門後，欠身穿過封鎖線逕自走進屋內。

雅涵在原地躊躇看著阿弘的背影。這時，一道嗓音傳入雅涵耳中。

「這裡不能隨便進去喔。」

原本以為會被喝斥得狗血淋頭，但這道嗓音卻意外溫和平靜。雅涵朝右方聲音的方向望去，說話的是一名約三十歲左右的男子，身上穿著警察制服，看來是負責駐守現場的警察，不知道是從哪冒出來的。

雅涵還來不及回應，另一個宏亮的聲音又從鐵門框外傳入。

「沒關係，讓他們看一下吧。」

這個聲音相當耳熟，當聲音的主人走進鐵門框時證實了雅涵的猜想，是昨天才見過的陳警官。

「可是，學長……」

從他們的對話和舉動得知，原來眼前這位負責駐守的員警是陳警官的後輩。

「不要緊，我正好也有事想問問他們。」說完，陳警官便將封鎖線向上提，示意雅涵先入內。此時雅涵才注意到，陳警官的另一隻手上提著便當，那是在樓下便當店買的。或許陳警官是在樓下就注意到他們偷偷進來的。

當警察的還真是可怕——雅涵心想。

陳警官也跟著入內後便關上木門，負責駐守的那位員警並沒有一起進來。

一進門看到的是鞋櫃和雜物堆放處，這裡只有部分焦痕，看來當時火勢還沒延燒到這。房內的結構從平面圖來看，整體是橫向的長方形，長寬比大約是四比三，十坪左右大，木門在下方的牆偏右。右上方和左上方都有隔間，分別是和室型的臥室和廚房，臥室比廚房大了三分之一。在臥室和廚房中間的走道底部，是浴室的入口。而屋內左下方的區塊是小型的客廳，沙發靠下，電視靠上方廚房的牆面，中間擺了一座小茶几，小茶几正左方的牆上有一扇窗戶，當時濃煙就是從這扇窗冒出去的。

屋內多處都被燒的焦黑，殘破不堪，客廳的家具和茶几旁的地上最為嚴重，犯人當時就是在那裡引燃火源的吧。

「怎麼樣，你有什麼想法？」陳警官靠向客廳，對著正在客廳窗邊的阿弘喊道。

「正彥跟我說，那時因為天氣有點涼，加上樓下便當店的味道會往上飄，所以他確定在出門前有關上這扇窗戶。我原本在想，會不會是湘婷後來打開的，但是……」阿弘盯著客廳的地上，焦痕從原本的引燃點一路穿過客廳延伸到窗邊，「看到這個，就確定不會是湘婷。」

「你也認為是犯人開的吧。」

「是的。既然你之前說過犯人是引火自焚的話。」阿弘從窗邊走到陳警官身旁，又回頭凝視著地上的焦痕，「屍體是在窗邊發現的吧？」

「沒錯。順帶一提，黃小姐被發現時，是昏倒在客廳和大門之間，也就是差不多我現在站的位置。」

「咦!?」雅涵望向陳警官，「不是在臥室裡嗎？」

「不，應該是黃小姐意識到發生火災，所以打算往大門逃生。」

「但奇怪的是，犯人為什麼要開窗。」阿弘打量著室內任何一處，但還是沒有個所以然。

不只是這點令人起疑，犯人是如何進入這棟公寓的？為何要鎖定湘婷和正彥？更重的要是犯人的身分，這些都還是未知數。

「對了。」雅涵開口道，「你說他是自備汽油來引火自焚的，可是這裡並沒有看到你說的汽油桶啊。」

「那是當然的，油桶和他用的打火機都已經送去我們那裡化驗了，原本想說可以從這兩樣物品上採集到指紋，但是……」說到這裡，陳警官就止住口舌，隨後豪邁地嘆了一口氣。

想必是這兩樣物品上都採集不到任何指紋，不然就是已經燒毀到無法採集的程度。

雅涵也跟著擺出失望的神情。

節奏輕快的手機鈴聲響起，陳警官接起手機，從對話內容猜測，應該是局裡打來的，陳警官面容變得嚴肅，但眼神底下又伴著一絲喜悅，大約又過了兩分鐘，陳警官才掛上電話。

「有新的進展了。」陳警官語氣輕快。

雅涵和阿弘都望向陳警官，他們迫不及待知道是什麼樣的新進展。

「你們也一起來局裡吧。」陳警官走向木門，對著雅涵和阿弘揮揮手，「或許會需要你們的協助。」

雅涵跟上陳警官，輕聲問道：「請問，是什麼進展？」

雅涵和阿弘跟著走出木門，陳警官依然為他們拉高封鎖線，好讓他們從下方鑽過。確認木門關上後，陳警官邊下樓邊說：「去了就知道了。對了，你們另一位朋友呢？那位李同學。我希望他也一起來。」陳警官口中的「李同學」指的是正彥。

「他還在上課吧，我記得他今天下午有課。」阿弘回答。

「沒關係，可以等他下課，不趕時間。重點是你們。」

「我們也沒什麼事。」阿弘和雅涵互望。

陳警官領著雅涵和阿弘走出公寓，在樓下和那位負責駐守的員警打過招呼後便走出巷子。

警車就停在巷外的路邊，雅涵和阿弘坐入後座。警車發動，發出嗡嗡的引擎震動聲。切入車道後，他們朝著K大的方向駛去。

7

病房內格外寧靜，但即使在如此寧靜的環境下，正彥的心情還是焦躁不安。他手上握著的是湘婷的手機，他正在猶豫，該不該解鎖湘婷的手機來確認湘婷的社交狀況。自從上次被陳警官問到湘婷的感情狀況時，正彥就一直把這件事掛在心上，雖然還不確定事情的有無，但就是無法不去操心。

現在要解鎖湘婷的手機簡直是輕而易舉，只需要借用一下沉睡的湘婷的手指。

正彥將湘婷的手機打開到解鎖畫面，緩緩靠近湘婷的手指。還沒成功解鎖，罪惡感就已經遍布全身，且內心突然感到某種撕裂感。要是真的用這種方式解鎖湘婷的手機，與湘婷之間的某種羈絆似乎就會無情地斷裂。

最後，正彥選擇將湘婷的手機收回包包，等到她醒來的那一天再好好歸還。

而焦躁不安的心情，還在正彥心中持續。

到底該怎麼做才好啊！——

不一會兒，正彥自己的手機就響起了，是阿弘打來的。

「喂，你下課了嗎？來校門口吧。」阿弘一開口就說。

「怎麼了？我今天沒有去學校啦。」

電話另一頭，阿弘的聲音停頓了一秒。隱約能聽到還有人在阿弘身邊。

「好吧，那你在哪？我們去找你。」阿弘接著說。

告訴了阿弘自己在醫院之後，正彥才知道他們和陳警官在一起，而一聽到案情有新的進展，內心便變得亢奮。

「先見面再說啦，我們也還不知道詳細的情況。」面對瘋狂追問的正彥，阿弘是這麼回答的。

過沒多久，正彥就在醫院門口和阿弘他們會合。

正彥坐上副駕駛座，繫緊安全帶。

一路上，陳警官並沒有不停追問有關湘婷的事情，而是聊著些比較沒有負擔的話題。與其說是刑警，現在的陳警官比較像是親切的計程車司機，這讓他們覺得與陳警官相處起來很輕鬆，和其他警察完全不一樣。

但正彥和雅涵倒是希望陳警官能多說一些有關案子的事。

距離醫院到警局，大約花了十五分鐘左右的車程。進到警局後，陳警官帶著雅涵、正彥、阿弘到了某位員警的辦公桌旁。

坐在辦公桌的員警年約四十歲左右，頭髮有些自然捲，眼尾有很重的魚尾紋。

「也太慢了吧，又在到處摸魚喔。」員警以調侃的語氣對陳警官說道，同時注意到了雅涵、正彥和阿弘三人。

「不，我帶了黃小姐的朋友們過來，希望他們也可以看看。」陳警官帶著微笑回應。

「好啦，不多說廢話了。經過一番波折，總算是搞到這個了。」

員警操作起辦公桌上的電腦，叫出了像是監視器畫面的視窗。這是火災發生當天，四點五十分時的錄影畫面。在場的所有人立刻認出畫面中是正彥和湘婷住處的樓下大門，以側面俯角拍攝。

員警按下播放鍵，馬上就有一名男子進入畫面，男子身穿連帽外套，帽子幾乎蓋住整個頭部，臉部也完全被口罩和眼鏡遮住，完全無從辨識身分。除此之外，男子的手上還拎著一件外套，他們也意識到，手上的這件外套底下一定就是作案用的汽油桶。

男子走到大門前，從外套口袋拿出鑰匙，打開大門的動作沒有絲毫不自然。順利打開門後，男子便進入公寓。

畫面突然停止。是捲髮員警按下了暫停鍵。

「縱火犯應該就是這位男子沒錯了，從身形和服裝比對，和那具焦屍幾乎雷同，還有，使用鑰匙這點也可以證實。」

阿弘直盯著已經暫停的畫面，他想起昨天陳警官問了正彥鑰匙的問題。

「其實我們在現場蒐證時，也在臥室找到了鑰匙，就放在書桌上，我想那應該是黃小姐的，這點沒什麼問題。而問題在於，犯人身上也發現了相同的鑰匙，包括樓下大門和你們所住的三〇一房的鑰匙。這更加證實，犯人早已預謀。」

正彥、雅涵和阿弘都發出幾聲驚呼，這些事實重擊了他們心底。

「抱歉，現在才告訴你們。」

為什麼是湘婷，那傢伙到底想對湘婷做什麼？——一股怒火正從正彥心中燃起，他緊盯著電腦畫面。然而，現在就算再怎麼憤怒也無濟於事，就在憤怒即將達到頂點時，陳警官的話簡直是在正彥的怒火上倒了乾冰。

「李先生，如果現在換個想法，犯人的目標其實是你的話，你有什麼看法？」

正彥頓時承受了所有人的目光，他立刻否決這個問題。

「不會吧，我也從來沒和什麼人有過爭執啊，畫面上這個人我根本不認識。」雖然這麼說，正彥卻只是希望自己不認識。畫面中根本看不到犯人的五官。

「所以你的意思是說，犯人的目標還是湘婷了喔。」

陳警官問得咄咄逼人，但他卻沒有想要為難正彥的意思。正彥一時答不上話，不知道該將目光擺向何處。

「可是話說回來，他的鑰匙是從哪裡來的？」阿弘搓著自己的下巴問。

「這就是問題所在。」

「犯人是這棟公寓的住戶嗎？」雅涵問。發問的同時更感到疑惑，就算是這棟公寓的住戶，頂多只會有樓下大門的鑰匙，不可能有他們房間的才對。

「不是，這點早已確認過了。」捲髮員警語氣平淡。

「李先生。」陳警官開口道，「你那天出門買晚餐時，身上有帶鑰匙吧。」

「有，那把鑰匙現在就在阿弘身上，只是……我那天出門時，沒有鎖樓上的房門。對不起，我昨天忘記跟你說了。」

「原來是你自己沒鎖啊。」陳警官吁了一聲氣，「那麼，犯人身上的三〇一房鑰匙其實沒派上用場嘍。」

被陳警官這麼一說時，正彥內心又深感自責。

「對不起……」正彥的這聲對不起，不知道是在對陳警官說，還是對人在醫院的湘婷說的。

「既然湘婷的鑰匙當時放在房內，正彥出門時又已經帶走了自己的，那也就是說犯人身上的鑰匙可能是……」阿弘對鑰匙的來源暫時作出總結。

雅涵、正彥和阿弘在電腦前面面相覷，他們心中都有著同一個答案。

房東——

8

路邊騎樓下的永和豆漿店生意總是絡繹不絕，大學生們喜歡在這裡聊天吃宵夜。好幾輛機車雜亂地停放在店門口，晚上十點至一點一直都是人最多的時候。

狹小的室內空間擠滿好幾張桌椅，雅涵、正彥和阿弘坐在角落的小位子，桌上擺滿蛋餅、燒餅、小籠包、熱狗等食物，其中九成都是阿弘一個人點的。

陳警官已經有幾天都沒有與他們聯絡，完全無法了解目前案情的進展，這使持續等待消息的他們心急如焚、火燒火燎。

在上次看過監視器畫面後，正彥又被留下來接受詢問，主要是針對他個人的人際關係調查，但正彥的回答似乎都對警方沒什麼幫助，無奈之下只好先放正彥離開，看來案情的主要偵辦方向還是會以湘婷為起點著手。

「不如我們直接去問那個刑警吧。」

正彥提出這個意見，讓雅涵也表示贊同。

「好啊，他上次不是有給我們聯絡方式嗎，應該就是隨時可以聯絡他的意思吧。」

「但他是說有發現什麼線索的前提下吧。單純詢問他們搜查進度，這樣只會妨礙他們工作而已，更是拖延了破案時間。」阿弘邊說邊將食物往嘴裡送。

雅涵雖然也贊同阿弘的話，但還是按捺不住焦灼的心情。

「可是這樣等下去，都不知道要等到什麼時候，而且他上次早就說要聯絡房東了，到現在我們也不知道聯絡後的結果是什麼。」

「但是……」湘婷也不會因為破了案就醒來。阿弘差點脫口，要是這麼說，肯定會招來雅涵和正彥的怒目相視。

不過這也是事實——

「但是怎樣？」

「沒事。」阿弘繼續嚼動著嘴裡的食物。

「不管怎樣都好。」正彥輕輕捶了一下桌面，「管他破不破案了，只要湘婷快點醒過來就好。」

雅涵和阿弘都看向正彥，三人頓時一片沉默。

隔壁桌的其他客人有了動靜，似乎是用完餐準備離開，一派人馬走出店外，依序發動機車揚長而去，機車引擎聲在夜晚顯得特別吵雜。不一會兒，又來了一批新的客人。

「但你不會想知道是誰害了湘婷嗎……」雅涵的聲音有氣無力。

「一開始當然也想知道，但現在想想，知道了又怎樣，湘婷又不會因為這樣而醒來。」

結果這句話是正彥自己先說出口。阿弘在內心暗自嘟囔，並默默地點頭。

雅涵雙手托著臉頰，她已經不知道該如何回應，只發出帶有不甘的短暫呻吟。

「總之，只要湘婷醒來，也成功找到犯人的身分，這樣就好了吧。」阿弘輪流看著正彥和雅涵。

雅涵點了頭說：「這當然是最好的結果啊。」

「應該快了。」阿弘微笑著說道。

「什麼快了？」

「我想陳警官最近就會聯絡我們了。」阿弘嗅了嗅鼻子，像是聞到了什麼東西似的。

「你怎麼知道。」

「我聞到的，哈哈哈。」

雅涵在阿弘面前握緊拳頭，想一拳往阿弘的腦袋揮下去，卻又一心期盼阿弘不是在開玩笑。

但其實真的是在開玩笑吧！——雅涵輕輕放下拳頭。

阿弘時常表現得不正經，或許很多人會覺得他幽默風趣，但在雅涵眼裡，阿弘或許只是想以此彌補心中的那塊空洞。

大一剛認識不久時，他們在社團活動後剛好被分配到打掃社團教室，所有社員都離開後，整間社團教室就只有他們兩人。

「妳為什麼會想練空手道啊？」

打掃過程中，是阿弘先打破了沉默。雅涵認為，或許只是為了不讓場面尷尬所開的話題。

「因為……總覺得現在自己住，要學一些能保護自己的技能吧，而且偶爾也想接觸不一樣的運動。」雅涵邊偏著頭邊說道。那時雅涵才剛接觸空手道沒多久。

「那你呢？」雅涵反問了阿弘。

「我喔……」阿弘語氣停頓，「小學的時候，是我父母要我練的，他們都是刑警，所以想讓我學習防身觀念吧，在他們眼裡，這個世界很危險。」

「你從小學就開始練了喔！」雅涵對阿弘投以崇拜的眼神，「可是你應該也是自己有興趣，才可以一直練到現在吧。」

「不，其實中間閒置了一段時間。」

「是喔，怎麼了嗎？」

阿弘沒有回答，雅涵也看出其中可能有什麼阿弘不方便透露的事，便沒有再多問。

阿弘停止了清掃的動作，直挺挺地看著鏡中的自己。

「我現在，只是為了想保護人才練的。」阿弘眼神銳利地盯著鏡中的自己，全身散發出鋼鐵般堅定的氣息。

雅涵並不懂阿弘口中所說的「想保護人」有什麼樣的意義。

後來的幾次聊天，阿弘還是不太願意提起自己的過往，雅涵也覺得問太多會不好意思。直到他們感情逐漸要好後，雅涵才終於從阿弘口中得知他過去幾年的經歷，而這些經歷並不是一般人能承受過來的。

國中三年級的阿弘，當時正在準備高中升學考試的他，突然接到了父母在執勤中殉職的消息，人生也在此產生了極大的變化。且更令阿弘感到遺憾的是，在父母身亡前，他還在與父親吵架。

因為當時阿弘還未成年，必須受託於親戚照顧，但這也只是為了合理法律上的責任，與其說是照顧，阿弘只是住在親戚家中而已。親戚也只是偶爾給阿弘一些微薄的生活費，並沒有得到像是家庭的歸屬感。

上了高中後，他平時也經常翹課，到處惹事生非，一個禮拜打上好幾次架，奪取街頭流氓和小混混身上的錢財當作生活花費，又幾乎沒有朋友，過著等同於混吃等死的生活。慶幸的是，阿弘在工地打工受了工頭不少照顧。

高二那年，他因為種種原因目睹了朋友的父親在自己眼前身亡，那種心靈創傷肯定是一輩子都抹滅不了，深深烙印在心中的。

到了高三，阿弘才回歸正常學生的生活，但他還是持續在工地打工，同時準備升大學的考試。

令人不服氣的是，雅涵用功了三年，竟然卻和這個只讀了一年書的人考上同一所學校。且他們所就讀的K大，還是全國名列前茅，名聲響亮的大學。

回過頭來看，雖然才大學二年級，但在雅涵眼中，阿弘或許已嚐遍了普通大學生從未嚐過的辛酸血淚，並早已在心中刻下經歷過各種嚴寒酷暑的傷痕。

桌面上的食物已被一掃而空，阿弘拍了兩下肚子。

「差不多要回去啦，明天還要練空手道。」

全國大賽的日子將近，阿弘多花了點時間在準備比賽上。雅涵曾問過阿弘，只是想保護人的話為什麼要參加比賽？而阿弘的回答是，比賽只是驗證自己實力的方式而已。

雅涵和正彥都認為，K大的空手道社會因為阿弘而增添不少名聲，他們為身為阿弘的朋友都感到有些驕傲。去年大賽時，雅涵、正彥和湘婷都有到場幫他加油，看到在場上的阿弘時，他們心中也隨著現場氣氛振奮起來。

不知道湘婷今年能不能一起來看——

離開了豆漿店，雅涵在阿弘與正彥的陪同下順利回到住處。她透過窗戶望向夜空，凝視著最耀眼的那顆星星。

一定要在阿弘比賽前好起來喔，這樣我們今年才能再一起為阿弘加油。雅涵對著星星如此祈願。

9

翌日晚上，雅涵在用完晚餐後接到阿弘的電話，一接起電話，就聽到阿弘調侃似的語氣。

「妳還在等消息嗎？」

「你想說什麼就快說喔。」雅涵故意對阿弘使以稍不耐煩的態度。

阿弘在電話中哈哈地笑了兩聲，「我現在和正彥在一起，陳警官剛剛和我們聯絡了。」

雅涵頓時感到心臟一陣收縮，隨後是強烈的跳動。

「真的嗎!?你們在哪裡？他說了什麼？」雅涵一度語無倫次。

「妳先別急嘛，我們還沒和陳警官見面。妳也不用來找我們，我現在和正彥在電信行，晚點和陳警官直接約在K市文化中心裡的冰淇淋店。」

那裡距離K大有些距離，雅涵為此產生抱怨。

「幹嘛約那麼遠啊？」

「反正還有一段時間，我們是約八點。」

雅涵將手機放下耳邊，看了螢幕上的時間，現在是六點三十分，距離約定的八點的確還有一大段時間。

「我看你根本只是想去吃冰。」雅涵將手機放回耳邊說道。

電話另一頭又傳來阿弘的笑聲。

「反正是陳警官請客，平常可沒機會吃免費的。那就先這樣，待會見。」

「喂！等……」雅涵還沒把話說完，就聽到聽筒傳來嘟聲。

放下電話後，雅涵正思考這段時間該如何打發，扣除車程，大約還有一小時左右的空檔。

雅涵先搭了捷運到文化中心，便在文化中心的圖書館內閒晃。雅涵逛完了整間圖書館，卻始終猶豫不決該在剩下的時間內選什麼書來看，不是都沒興趣，而是書籍種類太多，甚至還有近十年內的報紙，不知從何下手。最後，雅涵挑了一本詩集坐在窗邊閱讀，配上黯淡的天空，格外愜意。

因為太沉浸於書中，雅涵一時忘記注意時間，看了牆上的時鐘已經是七點五十八分了。她歸還詩集後快步走出圖書館。

雅涵連忙走向不遠的冰淇淋店。這間冰淇淋店是獨立開設在文化中心內，店門口有三隻乳牛雕像，裝潢雅致，夜晚在燈光的點綴下別有氛圍。

雅涵心想，原本是想以輕鬆的心情來這家店的。

雅涵帶著稍喘的氣息走了過去，一靠近店門，就看到正彥和陳警官在店外抽菸，他們告訴雅涵阿弘已經在裡面了。走進店內後，她發現阿弘坐在較深處的四人座位，她到阿弘旁邊坐了下來，阿弘對她比出了勝利的手勢以示招呼。

兩分鐘後，正彥和陳警官也進來了，他們分別坐在雅涵和阿弘的前方，兩兩相對。

「要先點東西吃嗎？」陳警官先提議。

大家同意後，便輪流到了櫃檯點餐。結束點餐後，他們拿了叫號器回到座位。等到叫號器發出震動和閃燈時，代表餐點已經做好，必須自行前往櫃台取餐。

在等待餐點的時間，陳警官從深灰色的西裝內拿出他們已經見過幾次的黑皮筆記本，當他們看到陳警官這個舉動時，代表今天的重頭戲即將開始。

「首先是關於住處鑰匙的事。」陳警官如宣布式道出，沒有違背他們的期待，這是他們一直想知道的問題。

雅涵嚥了口唾沫，等了許久的今天終於到來。

「我們發現這起案件與兩個星期前的一起失竊案有關，那起失竊案正是房東江先生家遭竊。當時江先生雖然有報案，但他的描述僅有某天出門回家時，發現家裡的窗戶被撬開，而經過檢查之後，並未發現任何財物損失，因此也就沒再深入調查。直到我們幾天前去拜訪他時，請他確認過後，才發現是那棟公寓的備份鑰匙被偷了。」陳警官邊看著筆記本邊說。

「所以犯人身上的那把鑰匙，真的是房東的……」正彥說道。

「是的。且房東江先生住的是一層樓的平房，要是有意行竊，其實困難度並不高。」

「但是被偷的是鑰匙，不至於會沒發現吧。」

陳警官嘆了一口氣，又往椅背靠下去，「房東的備份鑰匙是用一個大鐵圈將所有鑰匙串在一起，如我們所料，被偷的只有大門和三〇一房的鑰匙，所以其實也不能怪房東沒注意到啦。」陳警官將雙手抱胸，「要從一整盒雞蛋裡發現有幾顆被偷，本來就是難事。」

正彥露出哀怨的表情，像是想將一切的責任都歸咎於房東似的。

「所以說，犯人從至少兩個星期以前，就在計畫這場縱火案囉。」阿弘拖著腮，對著陳警官說道。

「可以這麼判定。」

「那能找出監視器嗎，兩個星期以前的錄影紀錄，應該還會在吧。」雅涵的語氣有些激動。

「很遺憾，我們已經調閱過了，犯人依然是穿著連帽外套，戴著口罩和眼鏡，難以辨別身分。」

說到這時，桌上的四個叫號器依序響起，陳警官、正彥和阿弘都起身離座，阿弘則讓雅涵在座位上待著，說可以幫她拿她的那份。

三人都拿著餐點回來後，他們並沒有持續話題，而是各自先享用了自己眼前的餐點。陳警官和正彥點的都是鐵板紅酒冰淇淋，雅涵的是雙球瑞士原味香草，阿弘則是點了搖滾甜心雞尾酒冰淇淋、原味鬆餅、皇家豪華冰淇淋聖代、雙球濃情巧克力、一杯維也納冰咖啡和一杯柳橙汁。

陳警官先是大讚好吃之後，其他人也紛紛點頭同意。

接著，陳警官又翻開筆記本的另一頁，他們的注意力也集中到陳警官身上，話題回到了案件。

「雖然無法從監視器拍到的身形辨別出犯人身分，但經過法醫和鑑定團隊的鑑定……」陳警官抬頭依序觀察周圍三人的神情，「犯人的身分確定了。」

雅涵、正彥、阿弘的動作驀然停止，握著湯匙的手停在半空中，猶如時間靜止一般，他們都瞪大著雙眸望向陳警官。

陳警官見此景象，嫣然一笑。

過了好幾秒，雅涵才先發出聲音，她深吸了一口氣，挺直背脊。

「是誰？」

「拜現在科技所賜，就算是毀壞嚴重的焦屍，還是可以從骨頭採集到死者的DNA，經過資料比對後，我們找到了這個人。」陳警官翻著他手上的黑皮筆記本，最後在其中一頁停下來。

當陳警官說著這些話時，雅涵和正彥都顯得神情焦急，完全聽不下前面這段開場白。

陳警官將筆記本攤開放在桌面上，頁面被三個字佔滿。

「楊榮傑」

看到這個名字時，他們完全毫無頭緒，沒有人有印象在哪看過這幾個字。陳警官又再三向他們確認，請他們試著努力回想，尤其是對正彥。

同校的學生、以前的同學、社團認識的人，甚至是學校老師的名字，都在他們的腦海裡跑過一遍，但始終沒有人對這個名字有印象。

「好吧，你們沒印象其實並不意外，我也用電話聯絡了黃小姐的家人們，他們也都說完全沒有聽過這個名字。」

陳警官將筆記本闔上，收回了自己的西裝口袋。

「還是說，犯人也有可能是跟湘婷無關的人，其實是房東的仇家之類的，他隨便偷了一間房間鑰匙，打算燒掉房東的房子。」正彥眉頭深鎖，垂頭凝視著桌面。

「要燒的話，幹嘛不直接燒房東住的地方就好了。而且就算單純跟房東有仇，不至於要引火自焚吧。」阿弘對正彥的意見表示反駁。

「搞不好是對房東恨之入骨……」正彥的話就此打住。也對，要燒的話，直接燒房東住的地方就好了。

「房東那邊我們也詢問過了，他對這個人也完全沒印象。」陳警官看著正彥和阿弘說道。

他們又陷入一陣沉默，似乎都在思考著任何可能性。在沉寂之時，陳警官又打破沉默。

「再告訴你們一件令人震驚的消息吧。」陳警官面色嚴肅。

雅涵、正彥和阿弘凝視著陳警官的眼神，這對眼神下藏著什麼使他們心慌意亂，他們能感受到全身血液的脈動。

陳警官輪流注視著他們三人，隨後開口說道。

「這位楊榮傑，早在三年前就被列為失蹤人口。」

10

阿弘叼著肉包在K大的校園穿梭，今天他只有下午三點到五點有課，其餘時間都在到處閒晃。明天正是全國大專院校空手道大賽。比賽的前一天，他通常不會再做任何練習，而是適度地放鬆身體。

阿弘一邊在校園悠晃，一邊想著昨晚陳警官對他們透漏的消息。

楊榮傑，二十五歲，男性，未婚。詭異之處在於，這名男性是已經失蹤三年的人口，戶籍位於鄰近的N市，N市也剛好是明天全國空手道大賽的舉辦地點。阿弘心想，或許只是單純巧合。

鄰市N市在三年前曾有一場芮氏規模六．六的強烈地震使某棟大樓倒塌，這棟大樓屬於住商混合式建築，地上十六層，地下一層，竣工至倒塌時已近二十年。倒塌原因除了地震，還據稱建造時偷工減料，又依專家結構分析後，推測也有施工不當之起因而造成。當時受傷及死亡人數都將近百人，楊榮傑就是當時的住戶，也算是其一受害者，但因為搜救過程中並未發現楊榮傑的遺體，這段期間的住戶追蹤調查也下落不明，生死未卜，因此被報列為失蹤人口。而在後續搜救不斷拖延，資源近乎耗盡的情況下，只好終止搜救行動，遺憾收場，也使楊榮傑成為停止搜救後的唯一失蹤人口。

至於楊榮傑的家人，父母親以及一位妹妹的遺體都已被尋獲。然而，當時他所就讀的大學也完全無法與他取得聯繫。

大樓名為錐冠金龍，在事發的七個月後，市府以原地重建、出售土地雙軌作法協助受災戶。

那個楊榮傑，竟然這樣活了三年——

電視和網路等媒體版面也接連出現對此案情進展的報導，這讓許多社會大眾更加為此案投以關注的眼光。接下來警方和湘婷的家人們一定會持續受到記者的煩擾吧。

阿弘咀嚼著肉包，坐在操場邊的木椅上。雲淡風輕，四月的氣候果然還是最舒適的。

這時，阿弘感受到有人在自己身旁坐下，往旁邊一看，雅涵正與自己對望。

「你要晃到什麼時候啊？」

雅涵早就注意到阿弘今天一直在校園閒晃。

阿弘笑道：「我也不知道。」

「明天比賽是幾點開始啊？」

「早上八點半開幕。」

兩人的視線又轉向操場，阿弘用眼角餘光看到雅涵點了頭，同時又拿出手機，滑動著手機畫面。

阿弘瞥向雅涵的手機畫面一眼，她正用手機軟體預訂了明早前往N市的火車票，一共訂了三張。包含自己，還有阿弘和正彥的。

今年少訂了一張。

翌日一早，阿弘、雅涵、正彥就搭了首班的火車到N市。因為起得一大早，雅涵和正彥一坐上座位便倒頭大睡，唯獨阿弘一人保持著清醒，但因為在座位上實在無事可做，他也開始閉目養神。

阿弘所屬量級的會場是在N市其中一所國小的活動中心，現場塞滿了來自全國各地的大學生，好幾張面孔都是阿弘去年曾見過的，但他頂多只記得長相，根本記不住別人的名字，就算是去年遇到勁敵也一樣。

開幕典禮時，雅涵和正彥坐在觀眾席區看著主辦台下站在人群中的阿弘，阿弘一副神態自若，說不定雅涵和正彥現在的心情比阿弘還來得緊張，他們都由衷希望阿弘可以蟬聯全國冠軍。

阿弘聽著無聊的開幕致詞，往女子組的方向望了幾眼。

她今年果然也沒來呢——

典禮結束後，休息沒多久便輪到阿弘上場，第一場的對手對阿弘來說只是盤開胃菜，在輕鬆的狀態下獲得勝利，也順便暖好了身子。

雅涵和正彥向下場後的阿弘道了恭喜，下一場比賽在二十分鐘以後，這段時間阿弘到附近的便利超商買了幾顆肉包，又回到會場的休息區享用。同時聽到其他選手和親友都激昂地討論著比賽，上一場的對手如何，下一場會遇到誰，希望在今年拿下什麼成績，現場氣氛熱烈。然而，也有一部分的人正打包著行李準備離開會場。

第二場和第三場比賽時，阿弘也如預期順利拿下勝利，接下來是午餐時間。阿弘、雅涵和正彥經過討論後，決定買附近的便當回到會場來吃，原因是這時外面的餐廳一定到處爆滿。

他們一共買了五份便當回來，阿弘一人就吃了三份，加上雅涵吃不下的，他總共吃了三盒又多一點的便當。

在便當吃到一半時，有名男學生坐到他們旁邊向阿弘搭話。他是阿弘第二場對戰的對手，他們都還留有印象。

「咦，你沒有離開嗎？」阿弘問道。

「對，我想看完全部的比賽。」

阿弘以點頭回應，男同學又接著說：「你真的很強喔，下午加油了。」

「哈哈，謝謝啦。」

「期待看你拿到冠軍。」

男同學拍了阿弘的肩膀後，便從旁邊的座位離去。看來阿弘在空手道界還蠻受歡迎的。雅涵和正彥完全無法想像。

第四場比賽，較前三場來得辛苦一點，對手的水準從這場開始有很明顯地提升，在一陣僵持下，阿弘才以保守的方式拿下勝利。而第五場比賽較第四場輕鬆，但對手還是有相當的水準，阿弘依雅涵和正彥的期待進入四強。

「再贏一場就進入決賽了！」雅涵亢奮地向阿弘喊道。

經過了五場比賽，阿弘稍微感到有些疲累，他在休息區重新調整狀態，吃過幾顆肉包後，他又感到能量從體內湧出，大聲地呼了一聲氣。

上場前，正彥捶了阿弘的胸口一下，阿弘以微笑加挑眉回應正彥，這一笑大概會迷倒現場不少女學生。

準決賽的對手是去年拿下亞軍，來自S市的學生，他的身高比阿弘高出半顆頭，在去年的決賽時讓阿弘嚐到不少苦頭。哨聲響起後，雙方都凝視著對手的眼神，沒有人先發動攻勢。

阿弘正等待機會，不久後，對手以中段踢技發動攻勢，阿弘順利擋下，並未被判有效得分。

在休息區的雅涵和正彥注視著阿弘，阿弘神情專注，聚精會神，眼神散發著烈火般的意志。

場上的阿弘能感覺到對手的實力比起去年又提升了許多，但阿弘當然也沒白費這一年的時間，相信對手也有同樣的感覺。

比賽最後十秒，比數還是二比二平手的戰況，除了阿弘，場下的觀眾也看出對手的陣腳開始稍顯急躁，這是阿弘的好機會。

對手出拳，但這拳出得並不紮實。

機會來了——

成功防禦後，阿弘迅速中段直擊對手，拿下了一分。

直到計時停止，比數依然維持，準決賽在三比二的比數下結束，裁判在雙方相互行禮後宣布阿弘獲勝。

接下來的休息時間，現場所有人的情緒已達到最高點，決賽的對手是今年第一次參加全國大賽的大一生，來自Y市，是蟬連三年高中空手道冠軍的強敵。

去年的冠軍對上蟬連三年高中冠軍的新血，這將會是場備受矚目的決賽。現場直播的體育記者開始大作文章。

決賽開始前，全場頓時鴉雀無聲，但每個人都熱血沸騰，不只是即將上場的阿弘和來自

Y市的新人，所有觀眾、現場採訪的記者，甚至是裁判和評審團內心都湧起一股澎湃，期待欣賞這場空前絕後的決賽。

即將對戰的兩人站上場，即使音響沒有播送任何聲音，卻總隱約能聽到戰鼓襯底的背景音樂。

雙方在行禮後由裁判宣布比賽開始，歡呼聲赫然高響。

在裁判宣布比賽開始的瞬間，來自Y市的對手直拳朝阿弘頭部攻來，阿弘差點反應不及，所幸閃躲了對方的第一次出招，周圍傳來一聲驚呼。據說對手擅長快攻，不知道會在哪一次眨眼的瞬間又遭受到對方的攻勢，阿弘謹慎提防，連眨眼的時間都控制到最短。

阿弘屏氣凝神，眉間擠出一小道皺紋，仔細觀察對手的動作。雅涵從沒看過阿弘如此肅穆的神情。

阿弘嘗試進攻，但對方也順利閃躲，阿弘迅速抽回身體再度拉開距離。

他們彼此又嘗試了幾次攻防，試圖試探對方，氣勢平分秋色，持續僵持。

明明是舒爽的天氣，會場內也開著空調維持空氣流通，但阿弘從開賽到現在這短暫的時間內就感受到全身正不斷冒汗。

對手又揮出直拳發出攻勢，阿弘傾身閃過，對手以矯健的步伐嘗試繞到阿弘身後，但阿弘又拉開了距離，維持著面對著對手的姿態。對手又突然躍起側踢。

現在——

阿弘毫不猶豫跨出步伐靠近對手，離開了對方側踢的攻擊範圍，並以直拳朝對手面部攻擊。阿弘看到對手雙眼突然睜大，直瞪著阿弘。

第一分由阿弘拿下，全場又一陣熱烈的歡呼。

場面持續僵持，誰也不敢輕舉妄動，兩人的汗水從臉頰滑過，更沒有人敢伸手擦汗。對手又持續進攻，阿弘也盡力跟上對手的動作，並在空檔不斷尋找空隙進攻。好幾次都差點被對手拿下分數，也好幾次都差點得分。

為了跟上對手的速度，讓阿弘陷入苦戰，但論體力，阿弘有自信不會輸人。雖是這麼想著，卻絲毫感受不到對手有任何一點疲乏，速度從開賽開始一直保持相當的水準，使阿弘不免有些心慌。

必須冷靜，不能慌張——

阿弘重新調整架勢和步伐，並控制呼吸的流暢。

汗水又落下了好幾滴。

每一次的進攻和防守，都使阿弘膽戰心驚，他承認這次是以往的比賽以來，面臨最嚴峻的一次苦戰。

全場鴉雀無聲，想必觀眾也是和場上的選手一樣，緊張又慷慨激昂。

阿弘緩慢拉近距離，又悄悄退後。最後，他迅速出拳。

在拳擊還沒擊中對方時，對手莞爾一笑，隨即提起脖子向後仰，閃過阿弘的拳頭，順勢拉起膝蓋，側踢擊中阿弘。驚呼聲又由一片寧靜忽然響起。

重新站好定位，好幾次的攻防後，局面始終不相上下，雙方都拿下了幾次有效得分，在時間即將結束前，比數是三比三平手。阿弘思考著戰術，若想以快攻定出勝負，風險實在不低，更無法預測任何一時的失誤，要是再被對方找到機會得分，全國冠軍就無望了。最後阿弘選擇拖延戰術，決定以自己較有自信的體力取勝。進入延長賽後，再慢慢消耗對手的體力，找到機會下手並有機會拿下勝利。

對手似乎也看出阿弘的意圖。

若對手沒有在剩下的時間內順利得分而進入延長賽，這就會是對阿弘比較有利的局面，但要是選擇進攻卻沒拿下分數，也會是同樣的結果，更是多耗費了體力，接下來的舉動都會是極俱風險的賭注。

一但進入延長賽，就是考驗著體力和專注力，要拚體力，想必對手也知道這不是上策。阿弘在心中盤算。

他會怎麼做——

對手跨步快速進攻，阿弘則儘量防守和閃躲，持續拖延著時間。最後，在哨聲響起前，對手沒有再發動任何攻擊。

比賽將進入一分鐘的延長賽。這是阿弘理想的結果。

延長賽開始後，對手沒有再像剛才開賽時發動突如其來的攻擊，而是靜靜觀察阿弘的眼神和動作，這又讓阿弘不敢隨意眨眼，或許對手是想藉此機會恢復體力。

雙眼乾澀，汗水直流，全身無比炙熱。

看來回去後得去看一下眼科了——

對手的拳頭朝阿弘面部揮了過來，阿弘舉起手準備迎擊，沒想到，對手突然壓低身段改變了拳頭的路徑，看似要攻擊臉部，但其實是往胸部攻擊。阿弘來不及反應，在擋住對手前就被擊中。比數落後了。

突然，一股模糊的意識逐漸在腦海中成形，阿弘腦筋一陣清晰，這一拳，打通了阿弘腦中每一道思考路徑。

看似要攻擊臉部，但真正的目標是胸口——

湘婷、雅涵、正彥。阿弘在心中喊著他們三人的名字。阿弘露出微笑，對手卻是一臉茫然。

局面又僵持了三十秒，在倒數的十幾秒內，阿弘的比數依然是落後的狀態。

就算看似勝負已分，對手依然沒有卸下心防，但看得出來比起開賽時，體力已經消耗不少，阿弘能從中看出他的疲態。雖是如此，但阿弘自己也是耗費了不少體力。

這時候換成對手想施行拖延戰術，不斷避戰，阿弘則藉此機會，嘗試了幾次進攻。

看來對手已經沒有想要再得分的意圖，阿弘只好不斷逼向對手，使對手不得不發動一、兩次攻擊，持續消耗對手的體力。

比賽倒數五秒，阿弘不斷逼向對手，對手在不得已的情況下朝阿弘揮出一拳，阿弘看準時機，巧妙閃過了攻擊，並拉開和對手的距離。

對手的拳頭還沒收回，明顯看得出速度已不像當初。

機會來了——

阿弘踏穩腳步，轉動身體，擺動腰部，拉起膝蓋，一技上段踢技紮紮實實地擊中對手，這些動作在不到一秒內完成。這一踢，為阿弘一舉拿下了三分。

四周驚嘆聲接續傳來，但阿弘耳裡似乎聽不到任何聲音，直到停止計時，周圍的聲音才漸漸清晰，同時傳來熱烈掌聲，整個活動中心內歡聲搖撼，阿弘露出淺淺的一笑。而對手懊惱的面容下，卻也帶著對阿弘的敬佩。

今年的全國大專院校空手道大賽，第二量級由阿弘蟬聯冠軍。

阿弘下場後，在台下迎向他的是雅涵和正彥。阿弘面帶意味深長的笑容。

我知道犯人的目的了——

11

湘婷依舊在病床上沉睡，正彥雙手緊握著湘婷的手，激動地落下淚來。今天早上，湘婷已對疼痛刺激有所反應，昏迷指數依醫師判定為四分，情況稍微好轉，距離湘婷甦醒他們又多抱了一絲期待。

這段期間，也有不少同學前來探望，一旁的櫃子上擺滿了湘婷朋友們帶來的花束和祝福卡片。

雖然目前湘婷還未對聲音能有反應，但雅涵還是對她說了阿弘再度奪下冠軍的消息。

「這有什麼好講的。」阿弘看著雅涵。

雅涵嘟著嘴望向阿弘，「哼」了一聲。

護理師進房換了湘婷的點滴，簡單地招呼後，又離開了病房。

「對了，除了網路上，有什麼地方可以找到三年前的報導啊？」阿弘輪流望向雅涵和正彥。

「三年前？你是說錐冠金龍大樓的報導嗎？」雅涵反問道。

「是啊。」

阿弘在上次的冠軍賽時，看到對手以看似要攻擊面部，但其實目標是胸部的招式，突然聯想到犯人動機的其一可能性。若犯人的目標真的不是湘婷，那麼，有可能會是那棟公寓。這只是阿弘的臆測，但他現在還不打算將這個假設說出來。

「我知道有個地方可能會有，不過要找找就是了，我也不確定。」雅涵說。

「是嗎？在哪裡？」

「就在我們上次吃的冰淇淋店的旁邊，文化中心的圖書館。」

阿弘以點頭回應，隨後又將目光投以湘婷身上。

對於阿弘突然有意調查令雅涵感到意外，但更多的是高興。

「你想從那起事件找起嗎？」

「嗯。」

「這樣的話，我們可以一起去，對吧，正彥。」雅涵看向正彥，以眼神徵求正彥的同意。

「嗯，一起去吧。」正彥對著阿弘和雅涵說。

「沒關係啦，不用勉強陪我去，湘婷也需要有人陪著。」阿弘將雙手抱在胸前，帶著微笑看著雅涵和正彥兩人。

雅涵和正彥面面相覷，正彥露出輕輕一笑便說道。

「湘婷就讓我來陪吧，我也想跟她再多單獨相處。」

雅涵的視線依序從正彥轉變到湘婷，最後看向阿弘。

阿弘和雅涵對視時，又瞥了正彥一眼，這時正彥眨了下眼睛，揚起一邊嘴角擺出調侃般的笑容，阿弘則皺起半邊眉頭，但不像是不滿的表情。

「那就這樣決定吧，雅涵妳陪阿弘一起去。」正彥說道。

阿弘和雅涵短暫討論後，決定在後天的下午過去文化中心的圖書館，那天下午剛好沒課，有較多時間可以利用。

兩天之後，一下了課雅涵就和阿弘一同走出教室，外面天氣依舊涼爽，蔚藍的天空中只有幾片薄薄的白雲。

「先去吃午餐吧。」阿弘的手放肚子上，明明上課前才剛吃過肉包，但他已感到前胸貼後背。

雅涵點頭答應，但想不到在何處用餐，學校附近的餐廳都已經吃膩了，更不用說是校內的學生餐廳。

他們一路走出K大的校門，決定到文化中心附近再找間合適的餐廳。

「你覺得從三年前的那起事件可以找到什麼，對吧？」捷運上，雅涵如此問了阿弘。而雅涵內心也是同樣的感覺。

「嗯，不管能不能找到線索，總之我就是想找找看。」阿弘內心早已燃起一股莫名的衝動，有種說不上來的直覺正支配著他的行動，「有種預感會有意外的發現。」

「你怎麼確定？」

阿弘沒有馬上回答雅涵，先是一抹淺笑，隨後燦爛地露出整排牙齒。

「我聞到的。」

「又來了！」雅涵皺起眉頭，一臉被捉弄般不甘的神情，而後又不自覺地笑了出聲，雅涵白皙的臉頰下透出些許紅暈。

阿弘也哈哈地笑，「相信我的鼻子吧。」他抽動了兩下鼻子，看著比肩在旁的雅涵。

「妳今天的早餐是……起司蛋餅——」阿弘拉了長音，一邊嗅著一邊思考，「和豆漿，對不對？」

雅涵臉頰泛得更紅，她害羞地避開阿弘的視線，微微嘟起嘴，好一段時間都沒再說話，自己賭氣的樣子從車窗玻璃的反光看得一清二楚。

「我不帶你去圖書館了。」

「哈哈，抱歉啦，下次不會亂聞的。」阿弘打從心底覺得捉弄雅涵很有趣。

「沒有什麼下次啦。」雅涵將雙手放進外套的口袋。

捷運停了下來，車門開啟，上下車的乘客交互流動，因為中午的乘客並不多，所以沒什麼人遵守先下後上的秩序。待車門關上後，雅涵又開口問道，她的表情已經變回平常的樣子。

「不過你不想先和陳警官討論看看嗎？」

這傢伙情緒轉變還真快！——

「先不用吧。」阿弘毫不猶豫地回答。他想等到有一定的調查成果後再向陳警官報告。而且不用說，警方一定也早已派人追查三年前的那起大樓倒塌案和名為楊榮傑的這個人了。

雅涵也決定先跟著阿弘的作法，視情況發展再決定下一步。

下了車並離開捷運站後，他們在附近找了間便宜的餐廳，花了四十分鐘左右的時間享用晚餐後就直接前往圖書館，用餐過程中沒什麼特別的談話內容，只有阿弘在說些無聊的話題，但總逗得雅涵一下開心一下生氣。

他們先是在圖書館內不斷徘徊，最後才在報章雜誌區放下腳步，他們駐足了好一陣子，只要是牽扯到任何有關三年前那場大樓倒塌事件的報導，他們都會仔細留意。

捧著好幾疊報紙和雜誌，找了個空著的六人座大桌子坐下，這些報紙和雜誌等資料堆滿了整個桌面。阿弘告訴雅涵，只要提到建築商或是工程單位的報導，都要讓阿弘再審視一次。於是，雅涵著手起過濾報導和文章的工作，阿弘則仔細端詳雅涵經手的資料。

感覺過了很長一段時間，阿弘閉起眼睛按壓著自己的眼皮，雅涵也感受到頭痛欲裂，視力像是一下子下滑好幾度，不停面對螞蟻般大小的文字使他們眼睛又乾又澀。

到目前為止，看阿弘的樣子應該是還沒找到他想要資訊，但阿弘還是將看過的報導用手機拍攝保存下來。

轉眼間，窗外的景色已逐漸黯淡，部分建築物室內也已點亮燈火，月亮的輪廓清晰地掛在天邊。今天是滿月呢。

小歇了一會兒後，兩人又翻起眼前的資料，到現在已經檢視完約八成的量。阿弘拿起眼前的雜誌，雅涵已經幫他翻到報導錐冠金龍大樓倒塌事件的頁面，那是在大樓倒塌後約兩個月後的報導。阿弘專注地盯著雜誌上每一個字。

突然，幾行文字吸引了阿弘的目光。

他深瑣眉頭，視線停留在雜誌上的某一處，他感受到心臟一陣緊縮，同時呼吸變得急促。

他瞄了雅涵一眼，雅涵仍專心翻閱著她眼前的報紙，並沒有注意到阿弘的神情已產生微妙的變化。他將這段文字用手機拍下，闔上雜誌。

過了約兩、三分鐘，雅涵才注意到眼前眼神呆滯的阿弘，阿弘已經完全停下了動作。

「你怎麼了？」

阿弘猛然回神，直說道：「沒事。」

雅涵詫異地看著阿弘，又問了他：「你是不是累了？」

「嗯，有一點。」阿弘故作鎮定。

「那今天就先回去休息吧，剛好圖書館也快閉館了吧，下次再來就好了。」雅涵輕聲細語。

「不用了。」

雅涵探出身子問道：「不用了？什麼意思？」

「就是……不用再來了。」阿弘著手收拾眼前的報紙和雜誌，將它們整齊排好。

「咦？為什麼？你找到你想找的東西了嗎？」

「嗯……或許吧。」

阿弘起身抱起一整疊報紙朝著牆邊的報紙架走去，雅涵也收拾著眼前的雜誌，他們將所有資料歸位後，邁步走向圖書館大門。

「你到底是想找什麼啊？」走出圖書館時，雅涵如此問了阿弘。

阿弘持續著步伐並望向前方，他沉默了好一會兒才開口說道：「之後再跟妳說吧。」不悅的心情從雅涵的面容表露出來，她無奈地嘆了聲氣。自以為是警察在辦案不能透漏偵查訊息喔。雅涵心想。

「要是什麼重要發現一定要跟我說喔。」雅涵的語氣伴隨些許怒意，抬頭直瞪著阿弘的側臉。

阿弘點了頭，卻也是直望著前方。

雅涵又詢問阿弘，接下來要直接回家還是一起吃晚餐，阿弘卻一副心不在焉，不停看著手機，始終未作出回覆。

接著，他撥起手機，拿到耳邊後沒多久卻又放下，這樣的動作重複了好幾次。

他們走在人行道上，一輛輛汽車從他們身邊駛過，走了一大段路後，他們才決定先吃晚餐再回去。

阿弘雖然停止撥打手機，但他還是不停滑動手機畫面。

他訂了前往C市的車票。

C市，是他從出生到高中以來，一直生活的故鄉。

延燒

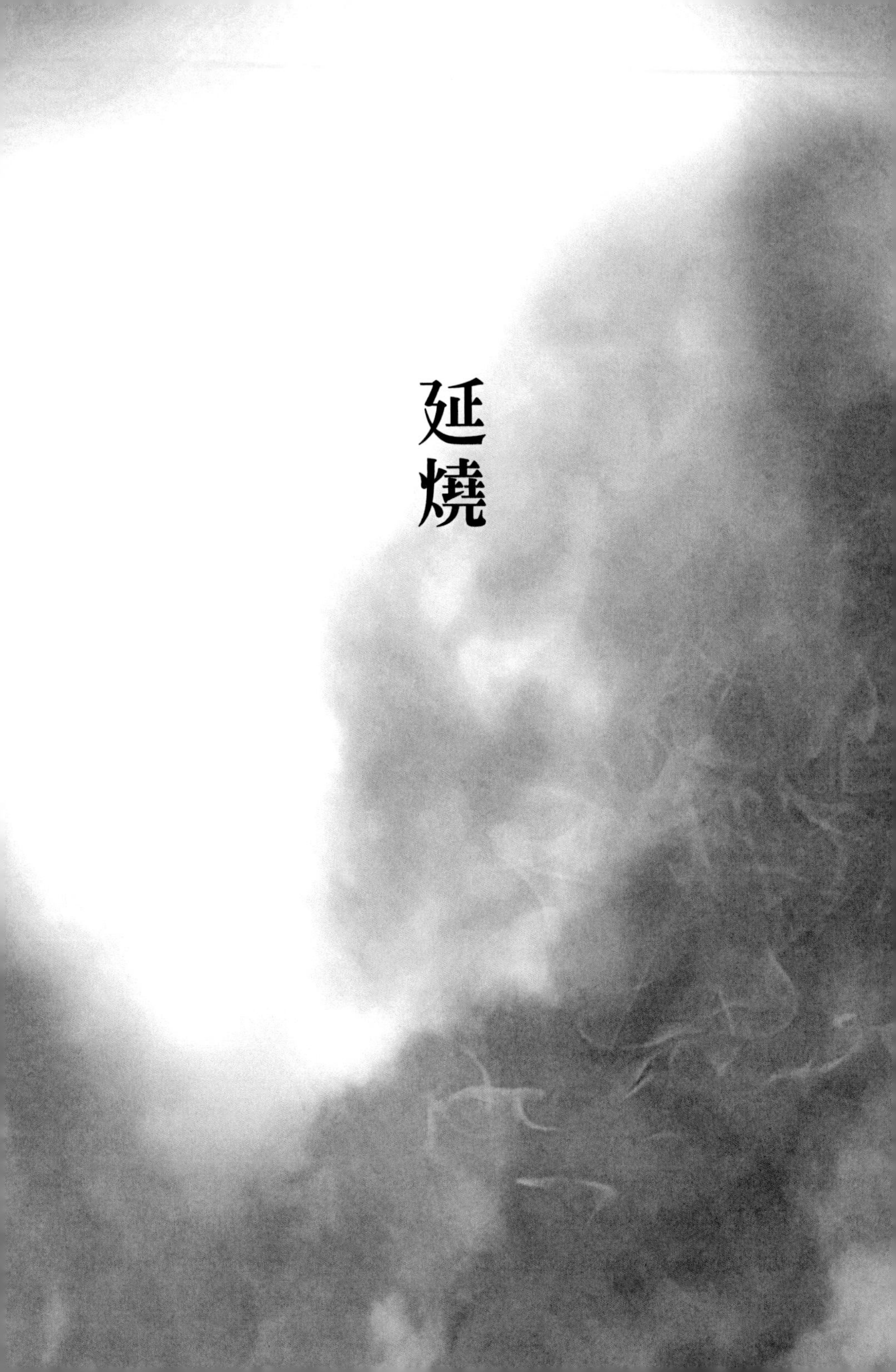

1

窗外的景物不斷變換，從繁華的都市景緻，一路遞變成窮鄉僻壤，陽光照映著樹蔭和窗框，影子深深刻在阿弘的臉上。

昨天晚上，他臨時找了打工的同事代班，並把這幾天的班都排開了。前往C市的火車上，阿弘坐在右側靠窗的位子，左邊坐了一位正閉目養神的中年婦女。

他打開手機，因為陽光反射使畫面不易觀看，他用另一隻手遮住畫面上半部以擋住照向手機的光線。畫面中是他在圖書館時拍下的最後一張照片，關於錐冠金龍大樓倒塌後兩個月的報導，內容如下：

「N市地檢署查出建商因偷工減料、結構設計不當釀禍，建商為節省成本，並未請建築師繪圖，由設計部經理指導員工繪製建築草圖，且建商甚至為增加樓板面積，擅自減少配筋量、減縮柱斷面尺寸、改變部分梁柱結合情形。結構技師進行結構設計時也因設計不當，導致耐震力不足。又據當時施工工人呂杉銘證實，曾在施工現場聽到建商等人討論刻意將每層樓高度降低幾公分，使樓高最終只有四十九餘公尺，規避五十公尺以上高樓建物需實際審查結構報告。」

阿弘的視線停留在其中三個字——呂杉銘。那是他高中在工地打工時，相當照顧他的工頭的名字。

手機突然響起加上震動，阿弘按住發聲孔，又旋即切換成靜音，以免吵到隔壁的婦人和其他乘客。手機畫面的來電顯示是雅涵的名字，阿弘並沒有要接起的打算。

來電中斷後，又收到雅涵用通訊軟體傳來的訊息：

「你在哪裡啊？」

阿弘行若無事地將手機收回口袋。事實上，他今天上午必須到學校上課。

他從放在腳邊的簡易旅行袋拿出肉包和飯糰大快朵頤。這時，列車上的餐車從他身旁經過，他又買了兩包魷魚絲。

一路車程大約兩小時又十分鐘，阿弘除了吃以外就是看著窗外，景色又慢慢從鄉間轉換成都市。

到了C市下車後，阿弘一時還找不到出站的剪票口。在他上了大學後的這段時間，C市的火車站已經於舊站後方高架新建，而舊的火車站則是關閉通車，保留建築體，成為歷史古蹟。

原本熟悉的地方變得陌生，阿弘開始擔心，會不會已經不認得這個地方了。而憂心之餘，走出車站後眼前又是一片熟悉的景色。

他走到火車站前的公車站搭上公車，上了車之後他並沒有馬上找位子坐下，不是因為沒有空位，而是因為他想站著觀望窗外。這時他才意識到，原來自己也算是會念舊的人。

公車開過較熱鬧的市區，不久後人潮和車流逐漸減少，卻是更熟悉的地方。

阿弘在公車開了約十五分鐘後下了車，這裡不像火車站附近繁榮，但還算是熱鬧，是個生活機能良好的住宅區。

走了一段路以後，眼前是一座棟宇連雲的辦公大樓，那正是當年阿弘高中時打工參與建造的，他當時只負責搬運磚頭、推水泥推車等簡單的工作。

已經完工了啊！——

阿弘在大樓前駐足了一陣子，又繼續往他的目的地前進。他用手機打開地圖和定位確認路線，並依循著記憶邁著步伐。

「大里營造工業」，眼前的鐵捲門上方掛著簡易的招牌，這裡是好幾棟住家或是工廠構成的巷弄，他以前曾來過幾次。阿弘在鐵捲門前方來回巡視，但找不到任何像是電鈴的東西。

於是他握起拳頭，敲了幾聲鐵捲門。因為沒有得到任何回應，他又敲了一次，這次依然毫無動靜。

要是一直沒有人回應的話，這段時間該去哪裡打發才好。正當他還在如此煩惱時，鐵捲門旁的小門打開了。走出來的是一名光著頭，有點駝背，看起來已經有七、八十歲的消瘦老先生。

他們四目相對時，阿弘又抬頭看了一眼招牌，確認自己沒有找錯地方。

「請問……」

「請問……」

兩人幾乎同時開口，老先生露出笑意，他伸出原本還放在腰後的右手，示意阿弘先說。

「喔。」阿弘稍微睜大了雙眼，「請問呂杉銘先生在這裡嗎？」

「他到工地去了，請問你是？」老先生的聲音有些沙啞，從中感到些和藹慈祥。

「我以前有在他底下打工過，因為當時很受他照顧，所以今天經過這附近想來看看他。」雖然這是謊話，但他不帶一點不安。

「哦，這樣啊。但是他今天不會來這裡，你要不要明天再來？明天的話，他就會到這裡。」

那我直接去工地找他好了。阿弘原本想這麼說，但想一想之後，又覺得還是不要在人家工作時煩擾人家比較好。

「那我明天再來吧。」

「好，要我幫你跟他說一聲嗎？」老先生說的「他」指的是杉銘。

「麻煩了。」

「你在旅行啊？」老先生問。大概是看到了阿弘手上提的簡易旅行袋。

「嗯……算是吧。」

老先生點頭又招了手，像是在說「祝你順利」。阿弘也以微笑回應，然後就轉身走出巷弄。

到明天之前，這段時間沒有別的事情，阿弘早料到會有如此意外，不，也不能說是早料到，本來就是為了以防萬一而帶了簡單的行李。

他從口袋掏出手機，打開通訊軟體回覆雅涵的訊息。

「我有事回C市一下，明天或後天才會回去。」

在收起手機的同時，他心想，大概又要被雅涵說話了吧。

同樣的事情他早已告訴正彥，並跟他說他不在的這段時間可以睡他的床。當然，正彥也問了阿弘是為了什麼事情回到C市，阿弘則以簡單的理由帶過，正彥就也沒再多問。要是雅涵，一定會打死不放的逼問。

剛過中午不久，空中開始飄起小雨，似乎要進入梅雨季了。沒多久，雨勢逐漸加驟。

阿弘快步走進騎樓，最後到了便利商店內，他決定等到雨小了之後再離開，順便思考待會的行動。

他在便利商店內吃了幾顆肉包和飯糰，又喝了一罐飲料。他開始思考，倘若楊榮傑的目標真的那棟公寓，那又是為了什麼？那棟公寓的存在，會影響他什麼嗎？不，應該不是……。還是說，他對那棟公寓有什麼特別的感情，所以想一同葬身火窟？

既然犯人的身分已經調查出來，想必警方也會為了這些事再度深入調查吧，例如，楊榮傑是不是曾經住過那棟公寓？或是他認識的人曾經住在那裡過。這下子有必要調查那棟公寓的歷史了。阿弘心想，到時候再去問問陳警官吧，但又隨即暗忖，不知道這些偵查內容能不能對外公開。

雨勢已經轉小，走出便利商店後，阿弘為了今晚的歸宿而傷腦筋。他不想回去以前住的親戚家，但就是答不上為什麼，只能說就是不想，但又總不能在這種陰晴不定的天氣下露宿街頭。

看來只好花點錢住旅館了。

阿弘在附近繚繞，幾乎都是工廠和住家，根本不像是會有旅館的地方。

走到腳快斷了，好不容易才找到一間旅社，但殘破得令人不敢踏入，他又遊蕩了半天，附近都是這種殘破不堪的旅社，不然就是貴得嚇死人的汽車旅館。最後逼不得已，他決定搭公車回到火車站附近，他知道那裡有很多價格平庸，也還算得上舒適的旅館。

但他對那附近的旅館還是有點排斥。

2

微光從窗簾的隙縫透了進來，些微細小的塵埃瀰漫在空氣中，阿弘搓揉雙眼，從床上坐起後尋覓著腦中的記憶。

這裡是昨晚入住的旅館，今天必須去那老頭的辦公室——

昨晚下榻這間旅館後，阿弘只外出吃了晚餐，其餘時間都待在房間內，躺在床上一動也不動。昨天一整天的行程使他產生一定程度的疲累，不到晚上十一點便早早就寢。

他拋開身上的棉被，先是用手按了另一邊的肩膀，接著扭動脖子，然後舉起雙手伸展身體。此時，昨晚的夢境，同時也是深藏在他心中的記憶又再度浮現。

那是阿弘國三時，接近升學考試時發生的事，也就是距離他父母殉職前。

當時他向父親提出需要一台個人電腦的需求，原因是他對電腦產生興趣，想要多瞭解電腦方面的相關知識，除此之外，也可以利用網路資源查詢學科或是其他課外知識，但父親堅決反對，理由是擔心只要有了電腦，阿弘就會沉迷於網路或其他事物，畢竟這個時代網路上的誘惑實在不勝枚舉。他們為此大吵了一架，雙方始終堅決自己的想法和立場。

然而，父子間的不信任是阿弘最不服氣的地方。

接下來的日子，冷戰也一直持續，就連到父親去世前他們還是維持著尷尬的關係。

這是他畢生最後悔的往事。
雖然在父親過世的那一天，阿弘有傳簡訊向父親道歉，並表示願意和父親好好談談，但是不曉得父親有沒有看到。
現在回想，只為了一台電腦值得嗎？——

時間已將近中午，簡單的盥洗之後，他到大廳辦理退房手續，走出了旅館。他從路邊轉角的反射鏡看到自己腦後的頭髮翹了幾根，於是用手壓過再梳平。
他搭上公車，再度前往昨天已去過的大里營造工業辦公室。而在這之前，他是在便利商店解決醒來後的第一餐。
到了大里營造工業門口，阿弘又舉起拳頭敲了門。他這次敲的是鐵捲門旁的小門。
小門打開了，走出來的是一名身材壯碩，個子不高，約五十多歲的中年男子，他的黑髮中參雜了些白髮，看起來精悍幹練。
男子原先還面無表情，而見到阿弘時便立刻露齒而笑，但隨即又收起了些笑意。
「好久不見啊！」男子說道。他就是阿弘想見的呂杉銘先生。
「你白頭髮好像又變多了喔。」阿弘以調侃代替招呼。
杉銘摸了摸自己的腦袋，往自己的頭頂看。當然，這樣是看不到自己的頭髮的，只是無意中的反射動作。
「好了，先進來坐吧。」杉銘招呼阿弘入內。看杉銘的樣子，早就知道阿弘今天會來了，應該是昨天那位老先生告訴他的。
門內是寬敞的空間，沒有隔間，左半邊堆放著磚頭、拼接板、花崗岩等無數建材，右半邊則是簡易的辦公區，只有約五、六張辦公桌、一組沙發和茶几。沒有看到昨天那位老先生，或許是杉銘刻意請他今天別來這邊。

杉銘讓阿弘先在沙發坐下，自己到了旁邊的飲水機旁泡茶。這沙發是木製的，也沒有鋪上任何軟墊，讓阿弘坐得屁股有點痛。

「上大學後生活過得還好嗎？」杉銘邊泡茶邊問道，聲音滄桑。

「還可以啦。對了，為什麼我打你的手機都沒有回應啊？」阿弘語帶抱怨。

「啊，你打給我了嗎？抱歉，我換了新手機，也順便把號碼一起換了。」

阿弘咂了聲嘴以示不滿。當然不是不滿杉銘換了手機和號碼，而是不滿他換了號碼卻沒有告訴阿弘。

「好啦，小事就別計較了。我前幾天讀過報紙，你又得到冠軍了啊，真是恭喜啊。」杉銘回頭望了一眼阿弘，哼哼地笑了兩聲。

聽到「報紙」的瞬間，阿弘打顫了一下，他還以為杉銘會提起學生公寓失火的事，原來是空手道大賽。

「啊，喔，沒什麼啦，只是學生的小比賽而已，決賽還差點輸掉。」

杉銘一手抓著兩個茶杯，一手拿著茶壺到阿弘對面坐下，邊說：「學生比賽全國冠軍也很厲害了，我還嫌報紙報導的篇幅不夠大呢。不過你可要感謝我啊，以前讓你搬磚頭訓練出強健的身體。」

「這是兩回事吧。」阿弘往椅背一靠，雙手盤在胸前。

「是嗎，哈哈。」杉銘將一只茶杯遞到阿弘面前的桌上，倒滿了茶，再倒了自己的。白煙從茶杯中裊裊竄出，「這一年多不見，你看起來長大了不少嘛，感覺比以前穩重多了。」

我倒不覺得有什麼差別。阿弘原本想這麼說，但沒有啟齒。

「有沒有交女朋友啊？」杉銘這麼問，有點像是過年時被親戚的阿姨、叔叔調侃。但這樣的感覺也只經歷過一、兩次而已，都是在他父母生前的時候。

「沒有啦。」

「真的嗎？太可惜了，長得那麼帥，又是全國空手道冠軍，大學應該有不少女生被你迷倒吧？」

「你說得太誇張了啦。」阿弘苦笑。不過在學校確實偶爾會有女生找阿弘搭話。

杉銘面帶微笑看著阿弘，喝了口茶，當茶杯放下時，臉上的笑容已經消失。

「說吧，你來找我有什麼事？」

霎時間，阿弘的表情也由笑意轉為鎮定，他探出身子，眼神變得犀利，向杉銘說道：

「你果然看出我是有目的而來的啊。」

「當然啊，我認識你多久了。你才不會沒事從那麼遠的地方跑來找我喝茶聊天。難不成是那棟公寓失火的事？」

阿弘才因杉銘前面所講的話感到不好意思，而下一秒卻是驚愕萬分。他還沒來得及反應，不知該如何表現自己驟變的情緒。

「是……可是，你怎麼知道……」阿弘頓時啞口無言，「難道是警察來找過你了？」

「不，還沒有。而且我想應該沒那麼快。」

阿弘以打探的眼神看著杉銘，以往的熟悉感和親切感在頃刻間消失，諸多疑問如海嘯般湧入心頭。

「這到底是怎麼回事？」

「我早就知道那棟公寓總有一天會發生事情了。」杉銘這麼說讓阿弘的心頭更癢，「只是沒想到是這種事。」

「為什麼這麼說？」阿弘面色有些凝重，語氣急促。

早知道會發生事情是怎麼回事？還有「這種事」又是什麼意思？——

杉銘點起一根菸，吸了一口後，吐出陣陣白霧。

「我看到第一次報導時就猜到事情不對了，這不會只是巧合，不會只是簡單的私人恩怨而已，再次從報導中得知犯人的身世後，我更確信這一點。」杉銘從沙發站起，面向堆放建材的那一處，白煙又從他嘴裡飄出，「不過也心想，這天總算是到了。」

阿弘嚥了口唾沫，視線直跟著杉銘，杉銘始終保持從容的態度反而使阿弘更為心急。杉銘往前走了幾步，背對阿弘。

「好了好了！別再賣關子了。」阿弘難以抑制情緒，「出事的是我朋友，我想快點知道到底是怎麼回事！」

「我想也是。我從報導中得知受害者是你們學校的學生，但到昨天為止，我都還不知道是你的同學。」杉銘接著說，「昨天我叔叔跟我說有個二十歲左右的年輕人來找我，當我肯定那個年輕人就是你時，也同時肯定那個受害者就是你同學，依我對你的認識，你才不可能把自己牽扯進與自己無關的事件中。」

杉銘回頭給予阿弘微笑，熟悉感又回到了杉銘身上。

「這是哪門子的判斷方式啊。」

但杉銘全都說中了。

阿弘想糾正杉銘其實那不是他同學，他們並不同班，只是之前通識課認識的一個朋友。

但想一想還是算了，這種問題無關緊要，他只想快點回到正題。

「你剛剛說，早就知道事情會發生，又是怎麼一回事？」

「唉，接下來要說的，你好好聽清楚了。」杉銘坐回沙發，在茶几上的菸灰缸捻熄了香菸。

阿弘點了頭，凝視著杉銘的眼神。杉銘飲盡茶杯中的熱茶後又舉起茶壺，邊將茶水倒入杯中邊說。

「不曉得你有沒有聽過朱誠輝這個人，他是錐冠金龍大樓的建設公司的幕後董事長。」杉銘語塞了一下，嚴肅的眼底下參雜了恐懼，「而他的另一個身分是，某黑道組織的老大。一切都要從這個人說起。」

阿弘調整坐姿，他終於拿起桌上的茶杯喝了第一口茶，已經不怎麼燙了。杉銘繼續說道。

「在大約二十年前，朱誠輝手上握有兩家建設公司，我就以A、B來當代稱好了，他就是這兩家建設公司的幕後掌權者，而當時的公司董事長都只是掛名的而已，其中A公司就是N市錐冠金龍大樓的建商。而我，當時就是錐冠金龍大樓建案的其中一名派遣工人，這你應該知道了吧，我想你也是依這個線索找到我的。」

「沒錯，在大樓倒塌後的後續報導有出現你的名字。」

「我在施工時，意外聽到高層竊竊私語地討論，他們為了節省成本，以及為了規避審查，盡是想些骯髒的手段，雖然當時朱誠輝並不在場，但一切想必都是由他指使的。」杉銘將視線瞥開阿弘，「而身為底層的派遣工人，我對這種事根本插不上手，為了在這社會上生存，餬口飯吃，只能違心地乖乖完成上面交代的工作。現在想一想，還真是後悔至極。」杉銘的脖子冒出一兩根青筋，露出了自嘲的苦笑。
杉銘又燃起一根菸，將菸刁在嘴上。
「這種罔顧人們人身安全的建案，最後竟然讓他們順利完成。」杉銘將雙手攤在自己面前，看著自己兩隻手的手心。罪惡感又在他心頭蔓延，「我竟然曾經為這種黑心建商工作過。」
「不……這完全不是你的錯。」阿弘感受到杉銘的情緒有所動搖，想試著舒緩他的心情。
「這種感覺你是不會懂的。」杉銘抓起嘴上的香菸，他沉默了半晌，一陣若有所思後才繼續說道。
「錐冠金龍大樓完成的六年後，我又接到了A公司的建案，當然，也是以派遣工人的身分。」
「你又接了？」
「對。」更懊悔的表情在杉銘臉上浮現，「我還記得，要是不接，當時根本沒有其他工作可以讓我做，我出身環境並不好，也沒有多餘的存款，只好硬著頭皮做下去。」
阿弘完全無法理解杉銘當時的心境。
「那又是什麼樣的建案？」
杉銘直視阿弘，他的眼睛泛著血絲，開口說道：「就是在K市，現在改建成宿舍租給K大學生的那棟公寓。也就是你同學住的那棟。」
阿弘心跳加劇，彷彿能感覺到渾身血液在體內快速竄流。
「你這麼說的話，表示那棟公寓也很有可能是黑心建物嘍？」

「不是可能。那棟公寓，就是黑心建物。」

「這也是你耳聞到的風聲嗎？」也太扯了。阿弘暗自詫異。

「沒錯。然後在那棟公寓完成後，A公司便就此收手，並把資金全部轉向B公司，部分人力也經過調度，高層幹部也都換人掛名，並對外宣稱A公司資金週轉不靈倒閉。同樣，B公司依舊不停建造不法的黑心建物，並用巧妙的手段掩人耳目，可惡至極。我想，要是當時沒發生那件事，只要以B公司的名義賺夠了錢，一定又會想辦法以同樣的方式大撈黑心財。」杉銘說到「那件事」時，語氣顫抖了一下，又將視線瞥開。

阿弘觀察到杉銘表現的不對勁，發問道：「那件事？」

杉銘深吸了一口氣，「這等一下再說。」

調整了呼吸之後，杉銘接著敘述。

「而在三年前，錐冠金龍大樓倒塌了，在檢方追查後，當時A公司掛名的高層幹部全被聲請羈押，而想當然，其中並不包括朱誠輝，更沒有牽扯到B公司，雖然當時B公司已經不存在了，但誰也不會想到A、B這兩家建設公司的幕後掌權者是同一個人，而且還是黑道老大。」

「為什麼？你不是已經向媒體證實有聽到他們討論的骯髒手段，那為什麼不乾脆也供出朱誠輝？」

「我辦不到。」杉銘沉重地說。

「辦不到？」

「我主動聯絡警方和媒體，已經費了我相當大的勇氣，我根本無法再多費唇舌，況且，那時候我完全不想再提起朱誠輝這個人，我恨不得將他從我的記憶中消除，關於這點，我坦誠我的懦弱。」杉銘語調激昂，眼角還泛起了淚水，但下一秒又垂頭低語，「而且，也已經沒有必要了，那時候朱誠輝已經不在世上了，他受到了應有的懲罰。」

阿弘思緒雜亂，還在消化杉銘講的話時，新的疑問又不停冒出。

「到底怎麼回事？你這樣講我根本一知半解，為什麼你從沒把這件事告訴我？能不能再把話說清楚一點！」阿弘對杉銘表示不滿。回想起來，三年前的某段時間，他的確覺得杉銘有一陣子時常精神不濟。

杉銘陷入沉默，他垂頭用力按壓自己的太陽穴，一會兒抬起頭後，他直視著阿弘的眼神。

「你慢慢聽我說，接下來我要告訴你的，就是爆發那件事之前最重要的導火線。」杉銘說出「那件事」時，語氣非常有力，堅定的眼神卻伴隨著愧疚。

3

不願回首的記憶又在杉銘腦海中漸漸浮現，每當憶起此事時，杉銘總是無盡哀痛。想淡忘，卻又深深烙印在心中。

八年前，杉銘脫離了派遣工人的身分，在C市自立門戶，建立起小型的營造公司——「大里營造工業」，從此人生有新的展望。心想，熬了數十年的苦日子，蓬戶柴門，靠著每年存下微薄的積蓄，終於可以翻身了。但他依然維持著勤儉的生活。

公司經營順利，杉銘也培養起許多年輕工人，或是讓肯吃苦的學生有打工的機會，他付出的酬勞並不少，即便自己少賺一點，也願意讓他人過好日子，因為他知道窮困的可怕。

除此之外，杉銘也不斷追尋朱誠輝及其手下公司的足跡，甚至委託徵信社幫助他調查，直到收集足夠的資料和證據，他就要公布給媒體，讓眾人知道他們的惡行，揭發這不顧人民生命安全的黑心建商。這種念頭從未消失過。

曾經在他們底下工作染髒了手，如今只能以這種方式償還了，他日夜期望著，在他們罪行曝光之前，不要發生任何大樓倒塌之類的悲劇。

到了五年前，好似命運的安排，杉銘接到了B公司的民宅建案，需要數名工人支援。杉銘暗自驚嘆，沒想到朱誠輝的版圖會擴展到C市來。

驚嘆之餘，杉銘心想，或許這次是個機會。就此，杉銘帶著他底下的工人們與B公司一同執行施工工程。

這次的好機會，絕對不能放過——

每天施工的同時，杉銘不忘觀察B公司高層們的舉動，他相信，這個建案中一定也有某些不合法的地方。現在他有了可以錄影的智慧型手機，比以前方便多了，要是察覺任何不對，他便隨時準備開啟錄影蒐證。

某日，杉銘一如往常在工地工作，暑氣逼人，勞累了一整個下午，天空已染成一片朱紅。

下了班之後，他換下身上沾滿各種污漬的工作服，騎著破舊的機車踏上歸途，他的住處就在自家公司附近，只剩下一小部分的房貸還未繳清，是間公寓中兩房一廳的住宅，但只有他自己一個人住。

在住處附近停好機車時，天色已完全黯淡，他才剛摘下安全帽，頭部便受到一股強烈的撞擊，還沒感覺到疼痛，先迎來的是一陣暈眩。雖然還保有意識，但神智已變得恍惚。

鬆手的安全帽撞擊地面發出框啷的聲響，杉銘回首一望，來不及看到對方的長相，視覺就被一片漆黑奪去，整顆頭被像是布袋的物體罩住，想伸手掙扎時卻因為暈眩而渾身無力。

來人啊。杉銘想大喊，但喉嚨和口部卻被隔著布袋掌壓住，只能發出嗯嗯啊啊的聲音，隔著布袋從外面根本完全聽不到。

「不要亂動。」男人的聲音沉悶。杉銘全身被架住，絲毫無法反抗，他感受到隔著布袋有個圓孔抵住他的太陽穴，當他意識到可能是槍時，全身盜汗，僵直著身體不敢亂動。

除了架住他的男人之外，周圍還有其他腳步聲，沒想到對方還不只一個人。

這時，他聽到遠方汽車的引擎聲朝這裡駛來，他抱著一絲希望能因此脫困。如他期待，引擎聲停留在他身後，當他聽到男人以冷淡的語調說出上車時，內心的期望如玻璃般碎裂。

杉銘被好幾個人押了上車，雖然看不到外面的狀況，但這應該是台九人座的廂型車，車門是滑動式的。杉銘左右都各坐著一名男人，也各壓著杉銘的手部和頭部。

他不知道現在遭遇的是何等狀況，不知道身旁的這些人是誰，更不知道會被載到何處，絲毫沒有頭緒之下，惶恐不安的心情使他不斷打冷顫，一旁的男人叫他安分點，但他就是控制不住自己的身體，反而更加緊張。

廂型車較預料中還早停下，車門唰地一聲滑開，杉銘又被粗魯地拖出車外，手臂被反折在背後，他只能乖乖地跟著身旁人們的腳步。耳邊傳來的是鐵捲門開啟時尖銳刺耳的金屬摩擦聲。

像是進入了某個室內，杉銘被人按著頭部，又被一腳踢了大腿使他跪到地上。鐵捲門的聲響暫停了一秒又繼續轉動，不久後便聽到門底碰撞地面的聲音。

「跪好！」不知道是哪個男人吆喝道。

杉銘的雙手被綁在身後，連腳踝也被綁住，他就這樣跪在地上，大腿到現在還在隱隱作痛。

某個步伐正緩緩靠近他，這雙腳步沉穩，又如同散步般自在，聽起來應該是穿著皮鞋。最後，腳步聲在杉銘面前停下。

杉銘抬起頭朝前方望去。當然，他看不到是誰。

半晌，杉銘頭上的布袋便被摘掉，杉銘環視四周，令他震驚的不是身旁有十幾個黑衣人士，而是他現在正身處自己的辦公室之中。

一旁辦公桌和書櫃上的資料被翻得七零八落，現場雜亂不堪。

杉銘又直盯著眼前的那雙黑皮鞋，視線順著向上，當他看到男人的臉時，下巴彷如垮下一般，但又發不出任何聲音，他瞪大著布滿血絲的雙眼看著男人。

男人梳著三七分的油頭，戴著銀邊眼鏡，濃厚的眉毛旁有一道深深的傷疤延伸至耳邊。

「你……」杉銘哽咽，努力想從喉嚨擠出聲音。

一名看似男人部下的黑衣男子拖了張辦公椅到男人身後，男人一屁股坐下，翹起二郎腿，接著另一名男子又遞了根菸並為他點燃，這簡直就像是電影中黑道老大震撼登場的畫面。然而，眼前的這些人就是貨真價實的黑道。

「不用擺出這種表情吧。」男人嗓音宏亮，中氣十足，餘音迴盪在整間辦公室。

「你想做什麼！」杉銘的膽怯轉為怒意，雙頰漲紅，「朱誠輝！」

燥熱的天氣加上悶熱的室內，空氣刺激著身體的每一寸肌膚，大汗淋漓。這還是杉銘第一次這麼靠近朱誠輝，他仰視著朱誠輝凶相畢露的目光，腦中閃過的是朱誠輝至今的一切惡行。

「簡單來說，我只是來拿回我的東西。」朱誠輝的神情不帶有任何情感，但杉銘知道那肅穆的面具下是極其險惡醜陋的本性。

朱誠輝予以身旁的部下一個眼色，部下便將手上的提袋袋口朝向地面，從提袋中散落出來的是一本本文件夾以及一張張印著密密麻麻文字和圖片的紙張。

杉銘看著眼前那些散落的文件，顏面頓時蒼白，血色盡失。不用想也知道，他們把辦公桌和書櫃搞得亂七八糟，為的就是在找這些。

「你幹什麼！」杉銘的心境猶如自己的孩子被當作人質，內心不斷祈禱對方千萬不要衝動。雖然杉銘沒生過小孩，但應該就是這種感覺，「那些是我的東西，還給我！」

「你的東西？」朱誠輝語帶諷刺回應，「但我怎麼看，這些都是我底下公司的資料啊。」

朱誠輝將背部抽離椅背，探出身子。吸了口菸後，將正燃燒的菸頭輕輕觸碰地上那些紙張。

「住手！」杉銘聲嘶力竭地叫喊著。

火苗很快就在某張紙上蔓延開來，火勢亦如細胞分裂般急遽增大，伴隨而來的是濃厚的焦味。杉銘蒼白的面容反射出艷紅的火光。此刻即將燃燒殆盡的，不只是杉銘長年蒐集的朱誠輝手下建設公司的資料，亦是杉銘極力想推翻朱誠輝的意志，以及賦予自己最具意義且最重要的使命。

杉銘胸口宛如被利刃撕裂，又受到鈍器沉悶的重擊般痛苦不堪，呼吸急促且不規律，好像吸不到任何一點空氣。

「怎麼樣？蒐集這些情報花了你不少錢吧，但為了我們的利益，只好跟你說聲抱歉。」朱誠輝說出抱歉時，毫無一絲誠意。

杉銘潰堤的淚水幾乎可以澆熄眼前的火勢，他面色猙獰，或許是有太多話想說而又說不出口，口中僅發出了滄桑的吼聲。

朱誠輝繼續說道：「對了，在僱用徵信社時，最好找個誠信好一點的，你應該從沒想過，自己反成為被調查的對象吧。」

看著杉銘疑惑的表情，誠輝揚起嘴角笑了一聲，那是極其嘲諷的笑意，「你的雇主花多少錢請你調查我，我就用十倍的價錢請你調查他。」誠輝吸了口菸後吐出濃濃白煙，「我當時是這麼對他說的。你以為你會這麼剛好接到我手下公司的建案嗎。」

「他竟然……」或許杉銘使力讓自己冷靜，才好不容易吐出這幾個字，但雙手還是微微顫抖。

「不，你不用責怪他，這只是他選擇的生存方式，他做出對自己利益較大的選擇並沒有錯。我也是一樣，我們都是為了自己的利益在生存。」

朱誠輝似乎還想開口繼續發話，但被杉銘猛然一陣高喊奪走了發言權。

「你在扯什麼歪理！為了自己的利益，就可以不顧他人安全嗎，你知不知道你做這些黑心建設，萬一房子倒了可能會害死多少人，只想到自己要過得多好，只看到自己眼前的利益，要是每個人都像你這樣，那這世界早就完蛋了！」

「你要這麼想也無妨，但我必須跟你說，人性始終是自私的，我一直以來都是這麼認為。」

朱誠輝將菸蒂丟向火堆中，濃煙飄散，室內顯得更加炎熱，如同在功率最高的烤箱內一般。

部下提起早就準備好的水桶，一舉倒向火堆，原本厚重大量的文件夾和紙張如今全成了一片焦炭，但嗆鼻的濃煙味還在鼻腔中繚繞，餘煙蔓延在整間室內。

眼看著費盡心血蒐集的資料全部成了灰燼，杉銘心中的意志也跟著被澆熄，他面無表情，眼神顯露空洞。

朱誠輝又以冷淡的語氣說道：「草原中的獅子會去狩獵野鹿，同樣也是為了飽足自己，對吧？對牠們來說，食物就是利益，牠們也是為了自己的利益而生存著，因而只好犧牲那些可憐野鹿的生命。當然，牠們也可以選擇吃草，但肉就是比較美味。你剛剛也說了，要是每個人都像我這樣，那這世界早就完蛋了。沒錯，所以這世界才需要野鹿這種不會狩獵的草食動物，這就是老天爺給予世界的平衡，有狩獵者，也有獵物，每個人只不過都是在扮演適合自己的角色罷了。」

一見杉銘沒有任何想反駁的氣勢，朱誠輝再度開口，一舉打破杉銘內心最後一道城牆。

「如今有野鹿想要剝奪獅子狩獵的權利，那麼獅子只好先吃掉野鹿了。」

「你還真是滿口胡言……」杉銘低聲嘟囔著。

「但你很幸運，獅子今天還不餓。如果你不認同我所說的，那你繼續當你的工人乖乖做工就好，但前提是別礙到我，我今天已經對你很客氣了。」

杉銘發出微弱的喘息聲，鼻水已完全堵住鼻腔以致他只能用嘴巴呼吸。

「到目前為止，你有看過我們建設的房屋哪一間倒塌的嗎？」

杉銘意志消沉，六神無主，目光不知飄向何方。他側身倒臥在地上，臉上留下的是好幾道淚痕。

朱誠輝站起身，俯視躺在地上的杉銘，「好了，今天費夠多唇舌了。」

手勢一揮，所有的黑衣人士全跟在他後頭走向鐵捲門，停在外面的黑色廂型車已經發動好引擎，只留下一名黑衣人正解開杉銘手腳上的繩子。

「對了。」誠輝停下腳步，回頭指向杉銘辦公桌上的筆記型電腦，「那個也給我帶走。」

4

「你就這樣讓他們走了？」阿弘除了疑惑，面容多半是散發著憐惜。

「是啊，那時靈魂好比就被抽走一樣，彷彿是在面對世界末日。」杉銘雙手抱胸靠在椅背上，視線往他當時倒臥的地方望去，回想起來也有將近五年了。

這些都還不是最壞的遭遇，事情又發生在沒多久之後，那宛如踏入十八層地獄般的夢魘。

遭到綁架後的兩個禮拜間，挫折和無力感不斷侵襲杉銘的大腦，部分下屬或許察覺出些許異狀，對杉銘展現關心，但杉銘總重複著說：「沒事，沒事。」

一如舊日，他盡可能以平常心面對工地的工作，但內心的另一個自己卻又想乾脆就這樣放掉不要做了，而礙於鉅額的違約金和手下工人的飯碗，只好硬著頭皮做下去。

正當杉銘想著此事時，他的手機響起，他拉下右手的手套，從牛仔褲的口袋掏出手機，看清楚來電顯示時，他的面色急轉凝重。

「古先生」——手機螢幕上是這麼顯示著。那是他委託調查朱誠輝的徵信社員工。

手機鈴聲響了好一陣子，杉銘才將其接起，這一小段的時間不知道有多少雜念湧入杉銘的腦袋。

事到如今，這傢伙還想幹什麼？——

「喂。」杉銘的語調聽得出來有點沉重。

「呂先生嗎？……我……那個……」古先生支吾地說著，使杉銘聽了有點不耐煩，「不曉得您……今晚有沒有空？」

「幹什麼？晚上沒空啦。」

杉銘說得很快，可能是因為古先生一時沒聽清楚，所以間隔了約兩秒才回話。

「是嗎，今晚沒空啊……」古先生的聲音轉小，語氣聽起來有些失望。

「對，如果沒事的話我要掛了。」

「那之後幾天呢？」古先生急忙回應，試圖阻止杉銘掛上電話，「是這樣的……是關於……朱誠輝的事……」

「朱誠輝怎麼樣了嗎？」杉銘以極度不耐煩的語氣反擊，在電話的另一頭聽得到古先生正大口地吸氣後又吐了出來。

「我想有些事還是必須讓您知道，希望我們可以見面談談。」

原本杉銘接連拒絕，但在古先生千託萬請之下，好不容易才答應約在咖啡廳見面，時間是今晚八點。

「我只給你一個小時。」杉銘在最後加上了備註。

「拜託您了。」

掛了電話後，杉銘滿腔怒意，但又帶有一絲好奇，到底那個古先生想要對自己說什麼？接下來的上班時間，他一直心神不寧。

離約定的時間還有十分鐘，杉銘已經到了咖啡廳門口，古先生之前說過，若是杉銘到的時候還沒看到古先生的人影，可以先到咖啡廳內找位子坐。

這間咖啡廳內是工業風的裝潢，牆壁及桌椅都是冷灰色調，在櫃檯旁還掛著一只鳥籠，裡面是隻白色的鸚鵡。

杉銘走到咖啡廳內最深處的雙人位坐下，與隔壁桌還有隔板相隔，像是個小型的包廂。服務生送上菜單後便離去，菜單只送上一張，而杉銘也未向服務生提起待會會再來一個人。

八點一到，古先生準時出現在咖啡廳的門口，他掃視店內好一會兒才發現坐在位於深處的杉銘。

古先生帶著張失魂落魄的面容與杉銘會面，什麼話都還沒說，古先生就急忙磕下頭，還差點撞到桌面。

「呂先生，我在這鄭重向您道歉。」古先生儘量壓低音量，避免影響到其他的客人。

杉銘見狀，立刻擺出不知所措的神情，要古先生先抬起頭來。

古先生抬起頭後，服務生又前來送上一張菜單，杉銘告訴服務生待會再進行點菜。

「你到底搞什麼啊？」杉銘一臉無奈和不悅。

「關於您一直委託我所調查的某建設公司，有些事想跟你說。」

杉銘原本還怒目相視，但他又在古先生身上感受得到一絲對自己的歉疚，便放下了嚴峻的眼神。

看來他今天是想將被朱誠輝那邊收買的事全盤托出，做出這種背叛委託人的事，甚至嚴重影響徵信公司的信譽，任誰都會無法心安，過意不去。

杉銘差點軟了心，他一直告訴自己不能再被這種人欺騙。

「如果要說你反受他們的委託來調查我，那就免了。」

古先生的面色先是有些驚愕，像是在說，你怎麼知道。接著又收回了表情。也是，可能朱誠輝已經動手了。古先生的內心或許是這麼想的。

杉銘將自己被綁架以及朱誠輝放火燒掉所有資料的事簡單敘述。古先生臉色淡然，應該是不知道該擺出什麼表情才好。

「真的很抱歉……」

即使有再多道歉，他們都知道換不回那些已被銷毀的資料，至於備份文件，也都在之前將資料交付給杉銘時消除。

服務生又靠近了他們使他們暫時中斷對話，服務生為他們點餐，古先生點了一份鬆餅和美式咖啡，杉銘則是因為傍晚時有先吃過點東西，因此只點了一份黑咖啡。

服務生離開後，他們又先是面面相覷了幾秒，杉銘才開口。

「不用再道歉了，這也無法挽回什麼。」

「你說的是。另外，從朱誠輝那裡拿到的錢，留在身上也讓我相當不安心，如果可以，我希望您能收下作為賠償金。」

「你在說什麼鬼話，那些都是不法途徑賺來的黑心錢，我絕對不可能碰！」杉銘的語氣堅決，同時略帶怒意。

「那該怎麼辦才好？」古先生手肘靠到桌上，用雙手指尖按壓著自己的額頭，眼神迷惘。

「這是你自己的事，要留著自己用，還給朱誠輝，還是捐贈出去，你自己決定，這不關我的事。如果你今天只是為了這種無聊事的話，我要回去休息了。」杉銘已作勢要起身，同時從口袋掏出錢包。

「不不不。」古先生伸出手擺在杉銘面前，「今天並不是只為了這件事。」

「那還有什麼事嗎？」杉銘靠回椅背上。

服務生為杉銘和古先生送上咖啡，兩分鐘內也送上了古先生的鬆餅，這中間他們沒有任何對話，都各自嚐著自己的咖啡。

「其實，我手上還有一件朱誠輝的情報，為了作為賠償，這份情報就無條件告訴你。」

「少來了，你以為我還會再相信你嗎？」杉銘擺出無奈的表情。

「這次絕對是真的。我敢為此打包票，絕對是最精確的情報。」古先生的眼底下透漏著真誠。杉銘心想，若這是演戲，他幾乎可以轉行去當職業演員了。

「他這次又給了你多少錢？」杉銘試探性地問道。

「請您相信我，不，不管您相不相信，這是我對您的補償，以示我對您誠摯的歉意。」古先生雙手扶著桌緣，又低下了頭。

杉銘內心產生了動搖，但他還是死命告訴自己，不能再相信這傢伙。內心極其掙扎。

杉銘還未給予任何回應，古先生又開了口，他邊說邊把頭抬起。

「雖然我不知道該如何向您證明這個情報的真實性，但要是您真的不相信，可以就當作沒聽到。」語畢，古先生從他的隨身背包中拿出一只黑色的方型裝置，裝置上其中一面有揚聲孔，應該是某種播音儀器。

古先生簡單地操作後，連接了耳機請杉銘戴上。而杉銘遲疑了好一陣子，才戴上了耳機。

錄音的內容是朱誠輝的聲音，但還有一個從未聽過的聲音正與朱誠輝對話。對話內容是毒品交易，時間是後天晚上六點，地點在C市某間商務旅館。

聽完後，杉銘拿下耳機，盯著古先生不發一語。

「這是我竊聽來的，不知道對您有沒有用。如果想要逮住朱誠輝，就是這次的機會了。」古先生的眼中依然散發著愧疚與真誠。「逮住朱誠輝」的意思，大概是可以藉此報警埋伏。

杉銘緊咬牙根，反問了古先生：「既然這樣，你自己報警就好了啊。」

「事實上，我已經向警方報案了，但我不方便表明我的身分，我曾經因為工作得罪過警方，加上種種原因，警方可能不會信任我。但我想，如果是您的話，您的工作與朱誠輝有間接的關係，可以以此向警方報案，也可以宣稱是在工作場合上打聽到的。」

「我沒辦法相信你……」

「我知道，我能體會，實在很抱歉。所以我說，如果您不相信，可以就當作聽聽笑話就好了，我會另尋方式彌補自己的過錯。」

兩人陷入短暫沉默後，先開口的是杉銘。

「這情報真的可信嗎？」

「咦!?」

「別多疑，我還不打算做任何舉動。」

「當然，當然，確實是可信的。」古先生做出宣誓的手勢。

杉銘瞪著古先生的雙眸，那猶如已拿著生命作為擔保，不容存疑的眼神。

5

五年前——

瑞麟和伊庭走進九一八號房，他們偽裝成情侶，而事實上，他們也是真正的夫妻。這裡是靠近火車站的某間商務旅館，他們接獲通報，會有黑道分子在這棟旅館進行毒品交易，經查證，可信度極高。

房內環境舒適，但他們沒有因此卸下心防，對講機不時發出同事通報的訊息。

「妳有空的時候幫我查查電腦的價錢吧，能上網的就可以了。」瑞麟突然這麼問了伊庭。

「咦!?」伊庭如此回應，應該是想從瑞麟說的話中多確認些什麼。

「去查查就對了。」瑞麟沉著嗓音說道。

「好啦，我查。」伊庭看著瑞麟並露出一抹淺笑，這個笑容有如放下大石頭時，那種豁然開朗的表情。

不久後他們便接到通報，朱誠輝果真出現在旅館大廳辦理入住手續，身後跟著一名穿著黑西裝的男人，他們都帶著電視機大小的旅行箱。大廳的刑警們各個繃緊神經，當然，他們是著便服假扮成客人的模樣，有的在沙發上假裝看報紙，有的在大廳悠晃，有的則是喬裝成正要入住的旅客。

警方先前曾請求旅館協助，讓其中一名員警扮成櫃檯人員，要是看到朱誠輝出現，馬上給辦理入住手續的櫃檯人員打暗號，並讓朱誠輝入住於九一七號房。而除了九一七號房對面的九一八號房埋伏了刑警，左右的九一五和九一九號房也同樣都派駐了刑警，並裝上隔牆竊聽器。

埋伏房內的刑警們在房間內等待時機，利用對講機收發訊息，只要時機一到，便上前逮人。

九一八房內的電話響起，瑞麟和伊庭面面相覷，不懂這種時候會是誰通過飯店打給他們，最後是瑞麟上前接了電話。電話經過櫃檯轉接，原本以為是同事打來的，結果打來的是案件通報人呂杉銘先生。

結束通話後，伊庭問道：「怎麼了嗎？」

「沒什麼，通報人打來的，說請我們萬事小心。」

事實上，杉銘曾要求親臨現場，想一同協助逮補朱誠輝並親眼看著朱誠輝伏法，但為顧及人身安全以及工作進行，遭到數次拒絕。

警方當然也聽過朱誠輝這號人物，據說是無惡不作，且具備商業頭腦的麻煩人物，幹完不法勾當後總能全身而退，所以這次刑警們是卯足了幹勁，大家都想立下點功勞。

房門外傳出動靜，對講機同時收到訊息，瑞麟和伊利用房門的窺視孔輪流看向門外，朱誠輝和他身後的男人正開啟九一七號房的房門。九一五和九一九號房的竊聽工作也正式開始。

過了半小時，朱誠輝都沒有太大的動靜，也沒開口說話多少次。

「他們還沒開始交易嗎？」伊庭對瑞麟問道，這只是隨口做出的提問，要是真的開始進行交易，正在竊聽的刑警一定會通報。

「當然還沒啊，交易對象都來沒來呢。」

「啊，說的也是。」

伊庭這時才意識到，朱誠輝身後的男人只是他的部下。回想起他們剛剛進門前站的位置，那個黑衣男一直都是在朱誠輝身後，要是交易對象的話，應該會與他並肩而行，以便注意對方的一舉一動。

在伊庭這麼想的同時，對講機傳來了訊息，說是有九一七號房的訪客，同樣也是兩名男人。

事情如同臆測，他們再度整備了身上的裝備，進入備戰狀態。

走廊傳出敲門聲，瑞麟先上前從窺視孔觀望，對面的房門前站著兩名男人，也是一前一後的位置站著，而他們同樣也各自帶著旅行箱，看來裡面裝的不是毒品就是現金了，瑞麟如此判斷。九一七的房門開啟後，他們走進房內，房門關閉時，瑞麟和伊庭的心跳也隨之產生共鳴。

接下來的時間，他們幾乎都守在門口，不時往窺視孔察探，那怕下一秒就發出攻堅指令。就算有著近二十年資歷，心情還是緊張難以按捺

所幸時間過得不長，沒有太多時間讓他們緊張，對講機很快就發出訊息，攻堅指令下達了，瑞麟和伊庭互看一眼，開啟房門。

九一五和九一九號房門也同時開啟，刑警們交換了眼神，包括瑞麟和伊庭，總共有十名刑警，全部排成一排靠在九一七號房門左右的牆邊，由隊長使用向飯店借來的萬用鑰匙卡開

啟房門。
九一七的房門一被開啟，在三秒之內，所有刑警陸續進入房間內，只留下兩名在門外留守。
一進房就可以看到四名男人圍成一圈，坐在雙人床旁的椅子上，他們中間的地上放著四個大皮箱，分別裝著毒品和現金。就算是寬敞的豪華雙人房，房內空間還是瞬間變得狹小，幾名刑警甚至跳到床鋪上，包圍朱誠輝等人。
四名男人的目光投以警方，朱誠輝從西裝內袋取出一只黑色鐵製物，動作之快。火藥味撲鼻而來，朱誠輝手上舉著比利時製HS2000型制式手槍，子彈打在其中一面牆上。
「放下武器！」其中一名刑警高喊。現場空氣凝重。
朱誠輝不但沒有照做，反而站起身子，面對將近十支對著他的槍口。身旁的部下靠近一旁的落地窗，但卻無所適從。這是當初刑警們就設計好的，之所以會把房間安排在九樓，就是以防他們跳窗逃逸，現在他們唯一的出口只有團團刑警身後的房門，大局已定。
兩方人馬在原地僵持，朱誠輝的神色也看得出來有些慌亂。
一定要在房間將他們逮捕——這是上級交代的。要是戰火延伸到房間外甚至離開飯店，一定會波擊到無辜百姓。
朱誠輝緩緩移動腳步，刑警隊長也跟著移動步伐。這時，朱誠輝露出意味深長的一笑。原本留守在門外的刑警退入房間內，接著進來的是六、七位面色凶狠的黑衣男子，全部舉著手槍對準刑警。
「現在情勢顛倒過來了喔。」朱誠輝語帶嘲諷地說。

隊長用對講機請求支援，飯店外待命的警力應該會開始行動。等待的時間顯得特別慢。

刑警們的陣型轉換為背對背面向四方，手指放在扳機上不肯鬆懈。

朱誠輝沿著包圍住警方的黑衣人向房間門口移動。

「不准動！」隊長高喊，槍口同時跟著朱誠輝移動，但完全起不了作用，朱誠輝的腳步並沒有停下，「再動的話我要開槍了！」

「你有種開啊，現在可是你們處於下風，白癡警察。」朱誠輝毫不掩飾地嘲諷。

刑警們知道現在必須先沉住氣等待支援抵達，不能因為他們的挑釁就輕舉妄動，要是有人先開槍，槍火恐怕就會像蜂炮一樣一發不可收拾。

瑞麟緊盯著朱誠輝，不時還要注意身後其他同夥，霎時間，朱誠輝一腳躍起，以高亢的嗓音呼喊。

「開槍！」

震耳欲聾的槍響伴隨著煙硝味而來，房內陷入一片混亂，槍聲四起，不少刑警和黑道都受了傷，朱誠輝則趁這個時機逃出了房間外，身旁也跟著幾名黑衣人。

「朱誠輝逃出房間了，請求支援，封鎖各個出入口。」隊長由對講機通報現況。

瑞麟打算追出房間外，但在步出房門前，眼角餘光注意到有支槍口正對著自己。

還來不及反應，一片鮮紅掩蓋了視線，顏面的肌膚感受到溫熱的濡濕感，但他身上沒有感覺到任何痛處，因為那些濺在他面前的，並不是他的鮮血。

耳邊傳來一陣呻吟，那是他最愛的女人，伊庭的聲音。

瑞麟及時攙扶雙腿無力的伊庭，並以另外一隻手扣下扳機，擊中對他開槍的那名黑衣男子。

黑衣男子被擊中右臂，接下來才被其他刑警制伏。現場狀況混雜，兩方人馬扭打成一團。

鮮血滲出伊庭的衣服，位置是在頸部附近，剛好沒有防彈衣保護的位置，極有可能是要害，出血狀況嚴重。

瑞麟還說不出話，伊庭便以僅存的力氣開口：「快點去追他……」

「妳……妳為什麼要這麼做……」瑞麟的雙唇顫抖。

「我也不知道……身體就自然反應靠過去了……」伊庭擠出微笑說道。

「妳是傻瓜嗎？……」瑞麟讓伊庭靠坐在牆邊。

「快去追他吧……不然他要跑掉嘍……這樣我就白白中彈了喔……」伊庭說話的同時，鮮血也慢慢從她口中流出。

瑞麟咬緊牙根，回頭望向房間內，眼前猶如慢動作播放般，局面混亂，煙硝四起，槍聲夾雜著樓下的警笛聲，各個感官神經被不斷刺激。他試著在亂中求靜。

於是，他望了伊庭最後一眼。

真的是最後一眼了，以這種出血狀況，是等不到救護車來急救的，下次見到時大概是她祥和的睡容了吧——

瑞麟忍住情緒，咬緊牙根衝向走廊一路往樓梯直奔，途中遇到了幾名同事。

他還是忍不住在心中嘶吼，隱約能聽到自己孤狼般的咆哮。

在樓梯間一路跑到二樓時，瑞麟停下了腳步，因為他看見牆上的通風窗口被完全打開了。明明其他樓層都只是半開而已。

完蛋了——

不安的念頭湧了上來，瑞麟將頭探出窗外，果然看見幾個黑影正往巷子內竄入，但奇怪的是，他們竄進巷子後就停下了腳步，似乎是在跟什麼人說話，但對方被建築物擋住，看不到他的身影。

瑞麟並沒有僵在原地，他繼續奔向飯店大門口，並以對講機通報朱誠輝等人的位置。

瑞麟穿越飯店外的街道，以飛快的步伐前往鎖定位置，他心想，果然沒有時間讓他感覺悲傷。明明才剛失去摯愛的親人，下一秒卻要奮力工作，不，這對他來說並不只是工作，是重要的責任和使命。

到了剛剛看到的巷子，但不見朱誠輝等人，卻見到跌坐在地的中年男子。

「你還好嗎？」瑞麟對中年男子問道。

「他們往那裡逃了，快追上去。」中年男子指著身後巷子的另一頭，隨即爬起身衝了過去。瑞麟也跟上這名中年男子，路途中，中年男子表明身分，他就是通報人呂杉銘。

巷子並不長，不一會就出了巷子，他們四處張望，並暗自慶幸街道上的行人不多。一輛黑色廂型車在對向發動引擎，馬上吸引他們的注意。

杉銘瞪大雙眼，他敢篤定朱誠輝等人一定就在那輛廂型車裡面，他對那輛廂型車還留有印象，遭到綁架那天，朱誠輝就是搭著那輛車離開的。

「是那輛車，他們一定在那輛車裡面。」

瑞麟也透過車窗隱約看見朱誠輝坐在後座的身影，他拿起對講機，完成通告工作後，尋找遮蔽物，舉起手槍瞄準廂型車的輪胎。

但身旁的杉銘卻是做出和他相反的舉動，杉銘似乎想穿越馬路，且對著那輛車大叫：

「不要跑！」

杉銘指著那輛黑色廂型車，全身顫抖，手臂還冒出青筋。

「危險，別靠近！」瑞麟對著杉銘高喊。

廂型車的車窗搖下，伸出來的是一支槍管。

瑞麟放下手槍，衝向杉銘將他推開，杉銘才因此閃過了這一槍，頂多是跌倒造成了擦傷，子彈沒有擊中任何人。

然而接下來卻沒那麼僥倖了，瑞麟以肉身完全承受了迎面而來的第二發子彈，隨即全身倒臥在地。

杉銘看著眼前的景象，大驚失色。

瑞麟按住中彈的傷口，流出來的除了大量鮮血，還夾雜著不斷冒出的汗水。他努力舉起手臂，但已無法準確瞄準，開了一槍只打中了輪胎旁的柏油路面。

瑞麟又中了兩槍。

廂型車在他眼前駛離了。

杉銘扶著倒在地上的瑞麟，他看著瑞麟痛苦不已的神情，自己的呼吸也跟著急促，一度喘不過氣。

「弘……」瑞麟以僅存的力氣，虛弱地喊著。

杉銘儘量不發出任何一點聲音，但還是完全聽不清楚瑞麟在說什麼。

「什麼？」

「……阿……弘……弘……」在杉銘聽清楚前，瑞麟已經沒了意識，僅剩下微薄的氣息。

在瑞麟的同事趕到時，已經來不及做任何事。

愧疚和自責在杉銘內心翻騰，此刻依稀能聽到來自內心深處低沉的悲鳴。

6

「你父親是被我害死的。」

杉銘這麼說時，雙眼還是無神的，猶如被當時的記憶侵襲，罪惡感在全身纏繞。他不斷深呼吸，為了調適情緒外，也為說完一大串話喘口氣。

杉銘心想，造成這一切的始末勢必歸咎於自己，他萬萬想不到自己竟然會害得一名刑警喪失性命。

阿弘默不作聲，各種雜亂的思緒在腦中蔓延，他想起與杉銘第一次見面那天。

升高中的升學考試結束後，他在考場外遇到了杉明，杉銘馬上對阿弘示出好意。

「當時幸虧有你的父母我才能保住這條命，現在的你可能不知該如何是好，如果需要幫助隨時可以來找我。」

當初杉銘是這麼對阿弘說的。

阿弘當時認為其言下之意只是，他的父母是為了保護人質才殉職的，而在翻閱任何一篇相關報導時，也都是如此記載。

「這種情況哪能說是保護人質！」阿弘質問。

「笨蛋，現在的媒體能相信嗎，警方對外公開假消息，媒體完全不經求證就急著刊登報導，還加油添醋刻意營造警方的偉大優良形象，什麼為了保護人民犧牲性命。」杉銘語氣憤慨，「雖然你的父親，不，你的父母被稱為英雄，但最後只不過是成了用來寫下警察優良形象的墨水罷了。」

阿弘內心有如被投下震撼彈，這五年來，他始終活在警方和媒體編造的謊言下，直到此刻父母殉職的祕密才從杉銘口中脫出。而媽媽為了保護爸爸而死這件事，也是杉銘事後向其他刑警打聽到的。

即使如此，阿弘並未因此對警察產生厭惡，再怎麼說警察都是父母奉獻生命的工作，他抱持尊敬和理性的態度，但心中點起怒火的矛頭卻指向另一個方向。

如果事情真是如此，那麼，阿弘的父親真的可以說是被杉銘害死的。要不是杉銘魯莽的舉動，父親瑞麟也不會因此喪命。

這老頭一直對我這麼好，甚至說把我當兒子看待，難道都只是因為他內心產生的愧疚所致嗎？——

阿弘暗忖，在此同時，他對看待杉銘的眼光已經在無形中產生改變。但另一個想法卻是，不管怎麼說，爸爸都是他的救命恩人啊。爸爸犧牲性命就是為了保護他。

複雜的情緒在阿弘心中交織。

不對，要是他當初不亂來，爸爸也不會因此喪命——

「都是因為你！」阿弘起身對著杉銘怒吼。

杉銘嘆出深長的鼻息，隨後直視阿弘的雙眼。看到杉銘的眼神時，反而削減了阿弘的怒氣，那是雙充滿愧疚，又帶著至高誠意的眼神。

阿弘又坐回沙發，　開了杉銘的視線，他無法一直承受那樣的眼神。

「不管你怎麼想，如果你說你父親是被我害死的，我能接受。如果要說因錐冠金龍大樓倒塌而往生的人們是我害死的，我更是有一部分的責任。這輩子，我一直在無形中殘害許多人的性命，這些債我怎麼還也還不完，我始終不知道該以什麼方式償還我對這社會的虧欠。」杉銘現在感覺像是個已經豁然放棄人生的淡然老頭，卻又帶著想重新找回人生意義的感覺。

「老爸他……」

阿弘咬著嘴唇，強忍住淚水，但眼淚還是像從閘門的縫隙中鑽出一樣，隱隱落下。悲傷和憤慨交融之外，更後悔的是與父親最後的相處時光。

而同樣令他想不到的是，媽媽竟然是為了保護爸爸而死。要為一個人犧牲性命，不知道需要有多大的勇氣和愛。

阿弘心想，換作是自己，會願意為誰犧牲性命呢？

他還找不到答案。

阿弘將話題突然轉向那些真正的殺父仇人，「之後呢，那些黑道。」

「他們不久後都被判了死刑，公共危險、妨礙公務、毒品管制、殺人等多項重罪，並且很快就行刑了。而B公司同樣也被查緝，那些公司高層也都因為違反建築法規被判了罪，當時正在執行的那個建案才得以停止，B公司也因此停業。經過一段時間，B公司先前所建造的建物也一一被查出，且都被認定是危險建物而遭到強制拆除。」

「那為什麼錐冠金龍大樓還在，不是應該也要強制拆除嗎？」

「錐冠金龍大樓是A公司名下的建物，政府自然不會聯想到與B公司有任何關係，更何況掛名的高層幹部也完全不一樣，且跨了好幾個縣市，根本沒有人會注意到，還有你同學住的那棟宿舍也是。」
「那你沒有去舉發嗎？知道這些事的不是只有你了嗎？」
「就算我想這麼做也無從下手，我手上已經沒有任何證據，也不可能記住每一份資料上的內容。雖然這麼說可以當作是在找藉口，但的確沒錯，我意志消沉了很長一段時間，完全無心做任何事，但事實上我最害怕的是，要是再做些多餘的，不知道又會再害到多少無辜的人。」
杉銘心想，不管怎麼樣，從那次之後就算是開始了新的人生，要拋開所有過去。雖然這麼想，但還是有許多牽掛無法放下。
阿弘不是完全不能了解他這種心情，不管做什麼都一再殃及他人，久了之後必定會產生這種心理障礙。
「那為什麼錐冠金龍大樓倒塌後，湘婷住的公寓沒有被查到？不是也同樣屬於A公司名下嗎？」
「或許是因為時間還不到吧，加上朱誠輝會用盡各種方式掩蔽，要調查N市的建物就已經得花上一番工夫了，更不用說查到K市去。」
「竟然是這樣……」
阿弘統整腦中的思緒，他將朱誠輝引發等事件與湘婷住處的縱火案連結，在此同時杉銘也剛好將話題帶了回來。
「你現在也已經知道錐冠金龍大樓是朱誠輝建設的了，而傷害你同學的犯人是因為錐冠金龍大樓倒塌而失蹤的住戶，你同學又剛好是住在朱誠輝建造的公寓內，你想這中間有什麼關聯？」

難道說，犯人的目標真的與湘婷毫無關係，為的就是攻擊同為A公司建設的那棟公寓，報復害他失去一切的黑心公司嗎？阿弘將這個揣測告訴杉銘，杉銘也點頭同意。

「就是這麼回事吧，因為此事被殃及，只能說你那位同學運氣實在不好。」

「這能算是完整的動機嗎？他何必將自己一同葬身火窟？」

「大概是覺得就算倖存下來，對人生也沒有什麼意義吧，乾脆在死前向這種黑心建物洩憤。動機這種事，本來就是說不定的。」

阿弘不知道該不該認同杉銘的說法，但杉銘也確實是目前為止最清楚整件事脈絡的人。突然，某個疑問又從阿弘心頭衍生。

「所以說，犯人也在生前調查過A公司嘍？」

「我想是吧，只要委託徵信社什麼的，雖然耗費的時間、金錢等成本都很高，但這些事都還查得出來。他只是比檢方早一步調查到那棟公寓而已。總之，你不需要太擔心，你同學是無辜的，應該跟犯人一點關係都沒有。」

阿弘又保持了沉默，杉銘也沒有打破沉默的打算。此時阿弘還是覺得不可思議，沒想到從這起縱火案，可以一步一步關聯到自己父母親殉職的往事，難道這就是所謂的命運嗎？

接下來的對談又回到日常瑣事，但多半是杉銘對阿弘的關心，阿弘的心情也很快恢復平靜，他好一陣子沒有感受到如此像是父母般的關心了。

在阿弘說到靠打工賺取生活費的話題時，他的手機鈴聲響了，本來不想理會，但一看到來電顯示是雅涵時，他還是按下了接聽鍵，以免回去後又被雅涵擺臉色。

「幹嘛。」阿弘以粗魯的口氣說道。

接著，似乎是聽到了什麼，阿弘的雙眼撐得像是彈珠一樣大。他不斷「嗯」聲回應，又嚥了好幾次唾沫。

「好啦，我知道了。」語畢，阿弘便收起手機。

阿弘告訴杉銘他必須回到K市了，說是有緊急的事，而杉銘則是帶著捨不得的神情說：

「快回去吧，再晚一點就要天黑了。」

另外還忠告了阿弘，湘婷所住的那棟公寓本身已經是危險建物了，如今加以改建，恐怕會帶來更大的隱藏危機。

「接下來想怎麼做都是你自己的決定了，總之，路上小心。」杉銘的語意之下，是將從前的意志寄託到了阿弘身上。

杉銘起身，與阿弘一起走出門外，他又燃起一根菸，目送著阿弘離去。

阿弘離開時，所幸天色還是亮的，他打算在坐車前先去解決晚餐。而一路上，雅涵告訴他的消息在他腦中不斷繚繞。聯繫某段命運的火焰又悄悄燃起。

湘婷醒來了……

熄滅

1

到K市立醫院，阿弘就直奔湘婷的病房，途中因為電梯等太久乾脆直接走樓梯，反正湘婷的病房也只有三樓。他手上還提著行李，從C市回來後，連租屋處也沒回就直接來到了這裡。

一進入病房內，雅涵、正彥都在這裡陪伴湘婷，陳警官也在場，他說他也才剛到這裡不久，剛對湘婷解釋完事發到目前狀況，過程中曾提起楊榮傑這個名字，在順便詢問的情況下，湘婷的回答是沒聽過。

阿弘見到湘婷醒來的樣子時，心中有種好久不見的感覺，而湘婷向阿弘投射過來的目光帶著微微笑意，也像是在對他說聲好久不見。

經過兩個禮拜左右，湘婷終於從昏迷中甦醒。

阿弘將行李放在病床一旁的地上，對湘婷問候：「還好嗎？」

「嗯，還可以。」湘婷說話時還有些無力，應該是大病初癒時伴隨的虛脫感所致。

阿弘的視線在湘婷和陳警官間交替，陳警官注意到阿弘的目光，於是泰然開口說道。

「放心，我今天只是來看看她的，要是剛醒過來就馬上問一堆有的沒的，那未免也太殘忍。」

聽到陳警官這麼一說，湘婷反而告訴陳警官說現在詢問也沒問題，儘管她的語氣沒那麼有力，但也看不出來是在逞強。

「不了，妳今天還是好好休息吧，晚個一、兩天不會怎麼樣的，到時候可是要麻煩妳很多事呢。總之，先恭喜妳了，我想大家都會很高興。」

陳警官的聲音一字一句傳進湘婷耳裡，她也感受到了陳警官的高度親和力。

確認湘婷的狀況後，陳警官也打算告辭了。在他開啟房門時，又回頭說：「對了，你姊姊說，她明天會和妳父母一起過來看妳。」

「好，謝謝。」

待陳警官闔上門離去後，雅涵便放聲對阿弘大吼：「你到底跑去幹嘛啦！」

阿弘縮緊脖子，慌張地張望四周。

「妳小聲一點啦，這裡是醫院耶。」

「誰叫你……」雅涵噘起嘴，她能想像自己的表情一定又是像小孩子生氣時一樣。

湘婷看著雅涵和阿弘兩人的反應，憋不住笑，不禁笑了出聲。正彥也不自覺地笑了出來，病房內沉浸在和樂的氣氛中。

「到底有什麼好笑。」阿弘無奈地表示，內心卻是有種說不上的喜悅，看到湘婷健康的樣子，也默默為她感到高興。

阿弘聽雅涵說，湘婷從昨天晚上開始，昏迷指數便奇蹟似地急遽好轉，到了今天上午，對任何刺激都能有所反應，而下午後，意識就漸漸清醒。在不到一天內能恢復得如此快速，連醫生都只能用不可思議來形容。

「很好笑啊，因為雅涵之前就有跟我說，她對你……」

話才說到這，雅涵又發出如同火車摩擦鐵軌般的刺耳叫聲打斷了湘婷，還試圖摀住湘婷的嘴巴。

「小聲一點啦，妳真的是小朋友喔。」湘婷壓低了音量對雅涵說道。

只見雅涵雙手捧著臉頰，嘟囔著誰也聽不懂的話語。

「對了，阿弘，你有帶禮物回來給我們嗎？」正彥以半開玩笑的語氣說道。他想也知道阿弘不會做這種事，只是想調侃他罷了。

「又不是去旅遊，帶什麼禮物啊。」

「哈哈，說得也是喔。」

此刻的氛圍如此輕鬆，讓阿弘也得以卸下一整天的疲勞。明明每天都同樣是二十四小時，今天卻顯得特別漫長。

到目前，還沒有人打算提起那件縱火案。

2

大約下午兩點左右，雅涵、正彥和阿弘都齊聚在湘婷的病房內，雅涵和阿弘剛好沒課，一早就過來了，而正彥則是上完早上的課後，翹掉下午的課來到這裡。

湘婷醒來的隔天，終於吃到了實體的食物，那是正彥為她帶來的盒裝水餃便當。在她昏迷期間，都是靠點滴來維持營養，能以口腔進食對她來說算是一種解脫和滿足，從她的表情能寫明這一切。另外也讓她感到無比舒暢的，就是洗了醒來後的第一次澡。

護理師敲門入內後，測量了湘婷的血壓和體溫等生理狀況，測量結果一切正常。接下來需要再觀察幾天，若身體恢復順利，不久後便可以出院。

又過了一段時間，湘婷經醫師評估後被轉到普通病房。

在普通病房安頓好後，雅涵又巴著阿弘追問。

「你還沒說你到底回C市做什麼。」

「有點說來話長，發生了很多事……」

阿弘詳盡地道出他前往C市的動機，在C市的目的地以及他所找的對象，包括杉銘對他訴說的所有經歷，一一鉅細彌遺地托出，就像在講長篇故事般，令一旁的三人都聽得入神。

在說到杉銘遭朱誠輝綁架時，湘婷和正彥的面容都表露憤慨，而他們聽到阿弘的父母為圍捕黑道殉職時，表情又更加深刻。

阿弘這時才發現自己原來也有說故事的能力。

我最後悔的還是，沒有以好臉色給老爸最後一面——唯有這種心情，他沒有對他們說出。

老爸是不是到最後一刻，都還在生我的氣呢？——

接著是一陣熱烈的討論，你一言我一語，不只是雅涵，每個人都差點忘記這裡是醫院，沒注意到要控制音量。

所以犯人的目標，就只是那棟公寓而已嘍。這是大家暫時得出來的結論，但阿弘並沒有點頭同意，也沒有開口表示不認同，他總覺得還有某些關鍵的繩結沒被解開。

大約到了下午四點半，湘婷的父母及姊姊湘綾一同出現在病房，雖然病房內的人數一下增加了三人，但幸好新病房空間還算大，不會感到一點擁擠。

雅涵、正彥和阿弘起身要讓出椅子，但湘婷的父母舉手示意不必費心，他們才又不好意思地坐回去。

看到醒著的湘婷，她的母親和湘綾都忍不住抱住坐在病床上的她，父親也在一旁默默落下男兒淚，場面猶如久別重逢般，溫馨的氛圍頓時瀰漫四周。唯獨湘婷的父母和正彥的眼神之間還是有著某種隔閡。

「能醒過來就好了，我還在想要是妳一直不醒來怎麼辦，每天工作都無法專心呢。」湘婷的母親含著淚哽咽說道。

「媽妳不要烏鴉嘴啦。」湘綾在一旁蹙著眉說。

「我是真的很擔心嘛。不過，妳還記得是怎麼回事嗎？到底為什麼會有個陌生人這樣闖進來？」母親的憂心和疑惑全寫在臉上，大概是害怕湘婷是不是在外面招惹到什麼人，而他們應該也有從警方那邊得知，犯人是錐冠金龍大樓倒塌時的失蹤人口，這點更讓他們倍增困惑。

「這個嘛，因為我當時在睡午覺，等到意識清醒的時候屋子裡已經是陣陣濃煙了，我只記得我一心想往外衝，還看到全身著火的人，之後就沒有記憶了，所以我也……」湘婷說到一半時，視線飄向阿弘。

阿弘領悟了湘婷的眼神，他只好再將沒多久前說過的事再說一遍，但這次說得較為簡略，也省去了父母殉職的那一段。

在他們得知犯人的目標或許是公寓時才放下了心來，湘婷的母親吁了好長一口氣。這時的湘綾還是抱著湘婷的。

阿弘看著眼前的湘婷和湘綾。恍惚之際，他突然有種被石頭重擊的感覺，內心泛起一陣漣漪。

「你在想什麼嗎？」看著沉思的阿弘，正彥以手臂輕撞他問道。

「嗯，有點事。」

「什麼事啊？表情那麼嚴肅。」

「這個嘛……還不確定。」

正彥別過頭輕笑，他早已習慣阿弘總是有著令人不解的舉動。

這一整天，所有人都在醫院待到午夜前，只有阿弘因為要打工，所以在晚餐時間前先行離開。湘婷的父母也因為工作的關係，實在沒辦法多待一天，必須搭夜車回到P市，而湘綾則是最近剛結束學校的重要行程，可以暫時多留一陣子，雅涵也自願讓湘綾在她的租屋處留宿。

後來雅涵才聽說，湘婷的父母是在同一間大型設計公司工作，承接案件小至平面，大至建築物，工作的繁忙程度不是一般上班族能體會的。

窗外傳來雨聲，這已經是這週不知道第幾場雨了。

3

陳警官來到湘婷的病房已經是入夜後的事，雅涵、正彥、阿弘，還有湘綾也都在這。放學後只要沒事，在湘婷的病房集合似乎已經成了不自覺養成的習慣。

陳警官道了聲招呼，特意強調了好久不見，但明明也只有昨天一天沒見到面而已，他們猜想應該是工作繁忙，使陳警官的時間過得很漫長，證據就是他充滿疲態的臉色。

「好多了嗎？」陳警官的口吻並不像是公事化的詢問，而是發自內心的關心湘婷的狀況，「恭喜妳轉到普通病房了。」

「嗯，謝謝，好多了。」

「那麼，黃小姐，接下來要麻煩妳了，正好大家有都在，有任何問題都歡迎討論。」

正彥讓出了屁股下的椅子，陳警官則是說他站著就可以了。他從西裝內袋拿出原字筆和筆記本，除了湘婷和湘綾，其他人都已經看過那本筆記本好幾次了。

「首先請妳敘述一下，火災發生時的詳細情況吧，譬如妳是何時警覺到屋內失火，大約何時失去意識，有沒有看到犯人的長相之類的。」這是陳警官提出的第一個問題。

雖然昨天已經簡略說過一次了，但今天面對的是刑警，湘婷保持謹慎的態度。

「因為下午的老師調了課，所以那天早上從學校回來後，我就一直在家裡做報告，到了大約五點左右吧，正彥跟我說要去買晚餐，我本來是想跟他一起去的，但他要我在房間休息就好，於是我就到床上睡覺，很快就睡著了。等到再次醒來時，房外一直有些聲響，我以為是正彥回來了，但發現屋內飄滿濃煙，覺得狀況不太對，就趕緊往外面衝，在客廳還看到全身著火的人，一開始還以為是正彥，嚇了一跳，可是又有點不太像，我就又往大門走去，然後就……什麼都不記得了。」

正彥在聽著湘婷敘述時，心裡又產生了十分歉意。

陳警官寫字時手腕動得飛快，停下筆後，他將筆桿抵著下巴，繼續問道。

「妳看到那位全身著火的人時，他大約是在什麼位置？」

「我記得是在客廳中間，但靠門口稍微近一點吧。」

「那麼，他有沒有可能是妳認識的人，或是在哪裡看過的人呢？」

湘婷試圖喚醒腦海中深層的記憶，但就是沒有印象。

「實在是想不起來，抱歉……」

「不，不要緊的。」

陳警官寫筆記的手還沒停下，也還沒問出下一個問題時，湘婷像被什麼東西點醒似地嘆了一聲。

「不過，我倒是想起一件事，但只是小事而已啦，不知道有沒有幫助。」

「妳說說看吧。」陳警官一邊寫著筆記一邊露出些微訝異的神情。

「就是……和那個人對到眼的時候，他好像很慌張的樣子。」

「很慌張？」

「嗯，我也不知道該怎麼說，又好像是很驚訝的眼神。」

「妳是在哪裡與他對上眼的呢？」

湘婷思考了數秒，才開口答道：「我記得是在我剛走出房間時，那時候他是站在客廳靠近大門的位置。」

陳警官又將筆桿抵在下巴，望著天花板，那是種面臨具挑戰性的問題時會露出的表情，他正細細品味湘婷的陳述，在心中整理出案發當時的經過。

楊榮傑進入湘婷和正彥的住處後，先是以準備好的汽油灑滿客廳周圍，隨後引燃火源，在確認火勢足夠後便接著引火自焚，而在自焚後沒多久，湘婷就從房間走出，他們恰巧於那時對上了眼。

陳警官大致認定了自己心中的推測，但還是有些細節想要確認。

「李先生出門時，燈是關上的嗎？」陳警官看向正彥。

「應該……」

當正彥還在苦惱時，湘婷搶先他回答：「是關上的，因為想說要睡覺，所以我就沒把燈打開了。」

然後陳警官又再度陷入思考。

阿弘看著陳警官還在沉思，實在不好意思打斷打思考，但這件事必須越早讓陳警官知道越好，於是阿弘又仔細地將他從杉銘那聽來的消息轉述給陳警官，這次又是以細膩的口吻說道，也包括了他父母殉職的原因。途中護理師剛好進房替湘婷測量身理狀況，順便為陳警官拉了張椅子進來。

阿弘暗自嘟囔，總覺得這幾天一直在講同一件故事。

陳警官一聽完便驚嘆道。

「這可是又延燒出了案外案啊。」

陳警官向阿弘要了杉銘的聯絡方式，同時承諾阿弘，會協助他們向內政部營建署通報，儘早進行湘婷及正彥租屋處的審核。但礙於該建築為刑案現場，恐怕在結案前還無法即刻拆除。

這段插曲又進行了一段時間，在陳警官理解及確認待辦事件後，才又回到原本的話題。

「那麼，請妳看一下這張照片。」陳警官從筆記本內某頁掏出和筆記本大小差不多的照片，隨後遞到了湘婷手上，「對這個人有印象嗎？」

「他就是……」

照片中是一名男人的半身照，年約二十歲出頭，理著清爽的短髮，雙頰稍微圓潤，給人的感覺是個正直的青年。

「對，他就是楊榮傑」觀察了湘婷的反應，陳警官又問，「還是沒有想起什麼嗎？再仔細想一下。」

這時，在場的所有人都湊過去看了照片，但都是看了一眼便坐回去了，想必是對照片中的男人沒有印象，紛紛搖著頭，並覺得「外表人模人樣卻做出如此恐怖的事。」

湘婷更是一臉苦惱，就算看到了五官清晰的相片還是完全沒有頭緒。

「不好意思，勉強妳了。」陳警官收回湘婷手上的照片。看來差不多可以認定楊榮傑和湘婷是沒有關係的了。

「不，很遺憾沒幫到忙。」

「沒這回事。」

而這時，陳警官注意到了湘綾的表情似乎有些變化，但在問了湘綾怎麼了之後，僅得到湘綾簡單的回應：「啊，沒事，抱歉。」

接下來就是要向總部報告阿弘所陳述的一大串事件，陳警官再次向阿弘確認每一項細節，因此又花了點時間。

阿弘心想，偵察的方向會不會與他想的一樣，朝向犯人以公寓為目標發展呢？當初他大老遠跑回C市，為的就是確認這件事，也從杉銘的口中得到了證實，但總覺得還是有某種疙瘩無法消除。

陳警官看了一下手錶，時間比想像得還早，本來以為已經十一點左右了，但實際上才剛過十點。

「那麼，再容許我問一個問題吧。」

「不要緊的，要再問多少都沒關係，我們也希望趕快破案，趕快找出湘婷遇害的真正原因。」說出這句話的是雅涵，但在場的所有人一定也是與她相同的想法。

「十分感謝各位的配合，接下來想要問的是，在這次遇害之前，黃小姐妳有沒有碰過什麼奇怪的事。」

湘婷一時還答不上來，不過陳警官也耐心地等著她想起什麼，畢竟要從重度昏迷前的記憶挖掘出什麼，這可不是一件輕鬆的事，陳警官也已視此為正常反應。

「我想應該沒有麼特別有印象的事。」這是湘婷搜索完記憶後作出的結論。

「我知道了，要是有再想起什麼，隨時可以與我聯絡，妳的朋友們應該都有我的聯絡方式。那麼，先告辭了。」陳警官邊說著邊起身。

「真對不起，一直沒能幫到什麼。」湘婷對於自己無法提供有力的線索感到愧疚，她認為這樣實在對不起身邊每個想幫助他的人。

「沒事，好好保重喔。」說完，陳警官便邁開步伐離開了病房，在這之前還伸展了一下背脊。

湘婷放空眼神。事實上，方才被問到有沒有碰過奇怪的事時，她一直在想著某件事。其實她依稀記得在她遇害前的一大段日子，一直有被某種目光注視的感覺，但這也只是某種精神上的感受，並不能完全肯定是確實發生的事，因為她在生活上並未受到任何影響，也沒有產生任何恐懼或是不安，況且這種感受微乎其微，所以包括正彥在內，她也從未向任何人提起過，更不敢保證能與此案有上關聯。

而一直到陳警官踏出病房的前一秒，她還在猶豫該不該將此事說出。

4

越來越多媒體版面相繼報導此次事件延燒出的案外案，包括犯人為失蹤人口楊榮傑，當年幕後操縱建商的黑道，而杉銘的名字也不時出現在各個報章上。得知阿弘透露的情報後，警方才終於派出更多警力資源搜集情報，但由於事實還不明確，所以報導內容都還不敢過於肆無忌憚。

湘婷出院的這天天氣陰沉，一走出醫院實在感受不到任何生氣，不過今天沒有下雨已經是值得慶幸的了。湘婷這陣子也得暫時住在雅涵的住處，這麼一來，擁擠的小套房就必須提供三人的生活起居，令湘婷姊妹倆感到有些不好意思。

在雅涵和湘綾的協助下，湘婷將簡易的生活用品和衣物安置到雅涵住處，接著又連忙準備出門，因為她們和陳警官約了下午四點在K大附近的速食店見面，而且這次是湘婷主動聯絡陳警官，她最後還是決定將遇害前的那些莫名感受說出來。

而當昨天湘婷向大家說出這件事後，反應最激動的是正彥，正彥對於湘婷將事情藏在心裡感到不快，但情緒下更多的是擔心和不捨。

「傻瓜。」當時正彥是這麼說湘婷的。

距離四點還有十幾分鐘，除了阿弘以外，所有人都到齊了，他們到速食店的二樓挑了一張較大的桌子坐下，今天依然是陳警官請客。

四點一到，阿弘也準時出現在速食店的二樓，而且嘴裡已經咬著一大口漢堡。

「你怎麼已經先點餐了？」正彥問道。

「我到這裡的時候，剛好看到你們走上樓梯，就想說先去點餐了啊，怎麼，有什麼不對嗎？」

「這次是你虧了喔。」湘婷在一旁以調侃的語氣說道。

雅涵也附和著說：「對啊，陳警官說他今天請客。」

「是嗎？那我等一下再加點就好了啊。」阿弘擺著俏皮的表情，然後將目光轉向陳警官，像是以眼神問道「可以吧？」

「不用客氣。」陳警官點著頭笑說。這種情況要是在外人看來，一定像是教授帶學生出來吃飯一樣。

這個時間的客人並不多，所以大家都很快就拿到了餐點。阿弘面前的食物依然比其他人多出三倍。

隨後湘婷便馬上進入了正題，她不想耽誤陳警官太多時間。

整桌的焦點全部集中在湘婷身上，湘婷卻是儘量壓低音量，即使目前店裡的客人不多，但她還是希望避免其他人聽到。聽完湘婷的陳述後，陳警官的表情比想像中來得嚴肅，他皺緊著眉頭，雙手抱胸。他現在苦惱的，是該如何考證這件事，若此事屬實，一定會對案情有極大影響。

「關於這點，我們會想辦法調查。」陳警官喝了一口飲料，讓身心稍微放鬆，「除了這件事之外，妳還有想到其他事嗎？」

「今天就這件事了。那個……是不是帶給你們麻煩了？」湘婷依然保持著相當低的音量，語帶歉意。

「麻煩？怎麼這麼說？」

「因為要調查這種事，想必很困難吧，還可能會讓你增加不必要的工作……」湘婷的聲音越說越小聲，在說到「不必要的工作」時幾乎是沒了聲音。

「不，沒這回事，完全不會有任何麻煩，千萬不要這麼想，妳要是有什麼事情藏在心裡不說出來，對我們才是一種困擾。」

陳警官說完後，湘綾和雅涵也在一旁附和。

「所以，今天真的沒其他事了吧？」陳警官再次確認，其他人也凝神注視湘婷的反應。

「嗯，沒其他事了。」

聽到湘婷肯定的答覆，大家才安心下來。這時，嘴裡還含著漢堡的阿弘突然開口。

「不好意思，那個……姐姐，可以再請妳看一次楊榮傑的相片嗎？」阿弘這麼說著時，不只是湘綾，其他人也詫異地看向阿弘，除了陳警官。

「姐姐……是在說我嗎？」湘綾問道。

「是的。」阿弘隨後看向陳警官，「相片你有帶著吧。」

「當然有。」陳警官也沒問為什麼，甚至不對阿弘的語氣感到介意，便直接從他的筆記本中抽出楊榮傑的相片遞給了湘綾。

湘綾定睛注視著相片，一開始還沒有任何反應，而過了數秒之後，湘綾擺出如阿弘預料之中的表情。

湘綾雙眼瞪大，啞苦無言地凝視著照片，雙唇一開一闔，隨後以無助的表情看向在座的所有人。

這下拼圖又拼上一塊了——阿弘暗忖，同時心跳也在短時間內急遽加快。

阿弘在前幾天看著湘婷和湘綾時，突然有種感覺竄上心頭，有點像是上次比完空手道決賽時被某種東西敲醒的感覺，於是他開始在腦中做出假設，然而這個假設極為大膽，任他自己也不敢想像——如果楊榮傑是認錯人呢？

阿弘在湘綾的表情中得到了答案。

但下一秒，湘綾喊出的名字卻出乎所有人意料。

「小佑……」

5

今天剛好有系上的必修課，湘婷一踏進教室，就馬上感受到同學們的驚嘆，他們臉上盡是訝異和興奮的表情，這讓湘婷感到十分欣慰。接下來就是在圍成一圈的同學們中，說出她所經歷的過程。

上課鈴在不久後響起，課堂一開始，湘婷便面臨回歸校園後的第一項難題，她必須追回落後的課堂進度。她又仔細估算了一週內其他的必修和選修課程，結果令她懊惱不堪。

另一件更令她在意的事情是，昨天下午在速食店時，姊姊湘綾竟然喊出了相片中犯人的名字，但她喊出的並不是楊榮傑這三個字，而是「小佑」這個不知從何而來的暱稱。

湘婷已經從課堂上出了神，周圍的感官刺激都被自動忽略。

聽姊姊湘綾稱，相片中的男人是她兩年前在K市結識的前男友，因為某些原因所以中斷了聯絡，但在那時就湘綾所知，對方的名字應該是施廷佑這三個字才對，這點也令大家匪夷所思。

至於為什麼湘綾沒有在第一次看到相片時就想起來，是因為相片中的男人與她認識時的樣貌實在相差太多了，在相片內，男人是理著清爽的短髮，雙頰圓潤，像是正直的陽光型男孩，而湘綾認識他時，卻是個留著稍長的日系髮型，臉頰削瘦，帶著沉穩氣息的男人。雖然湘綾在第一次看到照片時就有些在意，但只覺得是自己多疑罷了。

另外，她也是在第二次看到相片時才注意到那獨特且細微的特徵。相片中男人的左眼皮皺摺有三層。湘綾說，廷佑的眼睛時常乾澀，只要他的眼睛一乾澀，左眼皮就會皺成三層。除了這點，湘綾在仔細端詳後，發現不管是眼神、高挺的鼻子等，各個神韻都很像是她所認識的施廷佑，唯獨散發出的氣質完全不同。

根據警方了解，楊榮傑應該才是他的本名，陳警官推測，施廷佑只是憑空捏造的假名。

在陳警官向湘綾得知男人沒有手機後，更確信了這一點。

而在此同時又衍生出好幾個問題，其中一個是，楊榮傑為何要隱瞞自己的真實身分？當時所有人都沉吟未決。

他隱瞞了真實身分三年，最後卻在別人住的公寓引火自焚，為的又是什麼？他的目標到底是公寓還是意外認錯的湘綾？

那時候對上眼，是原本應該要給予姊姊的眼神嗎？——湘婷反覆思忖。

雖然今天沒有在任何報導上看到警方改變偵查方向的消息，但看著湘綾從一大早就被不同的警察相繼詢問，不難看出辦案的重點有新的轉變。

警察到底問了湘綾哪些問題？湘綾又是如何回答？就連身為妹妹的湘婷也從未聽湘綾分享過她的戀愛經驗，讓湘婷因此產生好奇。

姊姊從來沒懷疑過他的身分嗎？太誇張了吧——

這些問題不停在湘婷的腦中盤旋，教授的聲音還沒傳到耳邊就完全被過濾掉了。直到一旁女同學以氣音不斷叫喚，才將湘婷拉回現實。

「喂，湘婷，妳還好嗎？」這句話中語帶擔心，同學可能誤以為是昏迷後的後遺症使湘婷茫然恍惚。

「啊，沒事。」湘婷露出尷尬的微笑，才將注意力放回講台上。

這天下課回到雅涵的住處後，就在門口看到兩個陌生男人正要離去，湘婷心想，這兩個人一定是警察。

屋內現在只有湘綾，雅涵還要再上兩堂課才會回來。

才剛進門，湘婷劈頭就問湘綾警察到底問了些什麼，但湘綾卻一臉不悅地說：「很多啊，像是我跟小佑什麼時候認識的，他有沒有做過什麼奇怪的事，或是有什麼興趣之類的，簡直就是身家調查，但都是我單方面一直回答他們的問題，我問他們任何事，他們只會說現在還不能透露。」

「那也是沒辦法的事吧，他們的工作就是這樣。」雖然湘婷內心也有些失望。

在現在的處境看來，湘婷的語氣反而比較像是姊姊。但湘婷也不是不能理解湘綾現在的心情，畢竟自己被不斷追問，卻沒辦法從對方身上得到任何訊息，難免會有些不甘心，何況是牽扯到自己的前男友，她應該比任何人都想知道到底是怎麼回事。

「就是會很不高興嘛！希望今天不要再有警察來了。」湘綾舉高雙手伸展了身體。

湘婷沒有回應，放下包包後便坐到自己在地上鋪的棉被上。她和湘綾都在雅涵房間內有個自己的小空間。

湘婷打開手機，翻找著各個租屋網站，也一邊用截圖功能記下心裡認為不錯的房子。目前可以肯定是不可能再回到原來那棟公寓住了，這是正彥說的，湘婷也同意這個看法。

「對了，今天來問妳問題的有那個陳警官嗎？」湘婷問。

「沒有，都是些看起來不討喜的警察。」湘綾配合著搖頭的動作。

「是喔，那……」湘婷還在猶豫要不要開口，嘴巴卻先比腦部還快反應，「妳到底是怎麼認識那個什麼楊榮傑的啊？啊，應該說是施廷佑。」

湘陵早猜到湘婷總有一天會問出這類的問題，所以並沒有太意外的反應。

「是在打工認識的。」

「同事嗎？」

「不是，是客人。妳應該還記得我兩年前有在這個K市的甜點店打過工吧，他是店裡的常客，我就是在那時候認識他的。」

湘婷聚精會神地聆聽。湘綾便順著氣氛說下去，事已至此，她乾脆一吐為快。

「他前兩次來店裡的時候，我還對他沒什麼感覺，但見過幾次面之後，就突然覺得這個人有種跟其他人不一樣的氣質。我們第一次對談是他先開口的，從他的談吐中我更覺得這個人很特別了，但哪裡特別我也說不上來，或許只有我對他才有那種感覺吧。」

湘婷心想，這就是所謂的磁場吸引吧。

「他對妳說了什麼？」

「他只是問我店裡甜點的問題而已，因為他前幾次都是點同樣的餐點，所以那時他應該是想換換口味吧，問了很多，現在也想不太起來了，但是令我意外的是，那天他要離開前，問了我下次什麼時候上班。」

「那擺明是要向妳搭訕了啊。」湘婷以有點戲謔的表情瞥著湘綾。

湘綾瞇起雙眼，像是要湘婷別調侃她了。有那麼一秒，湘綾露出幸福的眼神，但更多是憶起回憶的感傷。

「好啦，其實我那時也是這麼想的。」

「就說是吧。那麼，然後呢？」

「然後在我下次上班時，他真的來了，我們聊著些瑣碎的話題，可能也因為剛認識吧，所以我們感覺都很緊張，但氣氛卻是快樂的，那次之後，我們每次見面都會聊個幾句，甚至有時候店裡沒有其他客人時，我們就會放聲大聊特聊，我也記住他最愛吃店裡的哪些東西，或哪些東西他比較不喜歡，也是在差不多那時候知道他沒有手機的，那時候並不覺得有什麼，只是想說現在沒有手機的人很稀奇而已。但現在想起來才……」

「嗯，隱瞞身分的人不可能辦手機吧。」

「對啊。」湘綾嘆了一聲長氣，「但就算現在知道也沒什麼用了。」

「然後呢？你們開始熟識之後。」

「大概認識了一個月後吧，那是我第一次在店裡以外的地方和他見面，我們逛了附近的夜市，還看了一場電影。第二次約會時，他就跟我告白了。」說著說著，湘綾已滴下好幾滴眼淚，講話開始帶著哭腔，在喘息了兩口氣後，又繼續以哽咽的聲調說。

「之後我們就順利交往了，一直都很快樂，相處得也很融洽，融洽到我覺得可以嫁給這個人了，可是……」眼淚、鼻水和高頻率的喘息讓湘綾難以繼續說話，泣不成聲。湘婷進到湘綾的小空間內，摟著姊姊的肩膀。

「可是妳必須因為轉學而搬回家了，對嗎？」湘婷代替湘綾把話接下去。

湘綾在與廷佑交往一段時間時，因為就讀的系所與她心中想像的有所落差，在經過長時間的思考及百般猶豫之下，她才決定轉學離開K市，回到故鄉P市就讀較理想的學校。

湘綾努力緩和呼吸，漸漸擠出聲音說：「不，不是，只是搬回家根本沒什麼……是我……我爽約了跟他的最後一次約會，我記錯轉學生入學說明會的時間，都是我……都是因為我。」

湘婷試著安撫眼前情緒已近乎崩解的姊姊：「妳慢慢說，沒關係。」

「因為我粗心記錯時間，將時間記成了正確日期的兩天後，所以我必須比預計時間更早離開K市。又偏偏約會是在我發現前就約好了，而且還是約在與入學說明會同一天，這樣根本沒有一點緩衝時間啊，而且他又沒有手機聯絡……然後……」

湘綾接過湘婷遞來的衛生紙，擦拭了眼淚和鼻水，接著繼續說：「然後我只好選擇先去入學說明會，在入學說明會結束後馬上回去K市找他，但那時已經到處都找不到了，我也曾在甜點店等了一整天，卻也都沒有看到他再出現。」一說完，湘綾便放聲大哭，她抱著雙腿，將頭埋在膝蓋中間。

「妳那時候都不知道他住哪裡什麼的嗎？」

湘綾以搖頭代替口頭回答。

「那這些事妳剛剛都有跟警察說了嗎？」

湘綾又只以點頭回應。或許是面對警察時難以放鬆心情，直到這時才將所有情緒宣洩出來。她大概永遠沒想過，會以如今這種方式再接觸到他。

過了一段時間，雅涵回來了，這時的湘綾已在棉被鋪成的床上睡著。

雅涵和湘婷說她約了阿弘晚上到永和豆漿店吃宵夜，要湘婷也問正彥和湘綾要不要一起來。

「感覺很久沒有大家一起擠在那吃宵夜了。」雅涵興致勃勃地說道。

「好啊，我等等問正彥。」

「姐姐呢？」這幾天共處在同個屋簷下，雅涵已經習慣稱呼湘綾為姐姐了。

「今天就讓姊姊先休息吧。」湘婷以眼神給予雅涵暗示，雅涵也大概懂了狀況。在吃宵夜前的晚餐時間，她們只去便利商店買了飯糰和麵包之類的食物，她們打算在豆漿店吃得痛快。

湘婷也打算在那時向大家說出湘綾與楊榮傑結識的往事，這點已經過湘綾的同意。

6

「破案了!?」

這個消息無預警地傳入雅涵等人耳中。一大早，同學們之間都傳得沸沸揚揚，但警方也沒有與任何媒體召開說明會。雅涵立即聯絡陳警官，才從他口中得知實情。

「其實還不算破案啦，只是說已經完成九成以上的拼圖了，請再等一會兒。」

破案的消息是從湘婷班上的某位男同學口中傳出的，他說今天早上要來學校時，在路上聽到像是刑警的人在對話，他記得其中一位刑警當時是說：「這下總算要結束了。」

男同學還強調，那兩位刑警臉上都是掛著輕鬆愉悅的表情。

最後才在雅涵的解釋下終止了流言。

但雅涵在意的卻是，陳警官說案情已經拼完九成以上的拼圖了，這代表許多疑點都已真相大白，她迫不及待想知道一切的原委，但陳警官最後補充說「請再等一會兒」，簡直是吊了大胃口，而礙於不好意思打擾警方工作，雅涵才忍住了追問下去的衝動。

再忍耐一下下吧——

這天傍晚，雅涵踏入了久違的空手道社團教室，一進去就看到不少社團成員在做暖身動作，他們看到雅涵時也熱情地打了招呼，其中也有幾個不討人喜歡的學長調侃雅涵怎麼這麼久沒來。

上次踏進這裡已經是湘婷昏迷前的事了，要說這段時間有什麼改變，大概只有門口多了「賀！本社誕生全國空手道蟬聯冠軍」的祝賀布條，其他並沒有什麼變得陌生的地方。

雅涵換上道服紮起馬尾，她很久沒有流那麼多汗了，經過運動後總是感到全身舒爽，也可以暫時將掛念的事擺到一邊。

她在練習側踢時，正當腿一抬到至高點，突然感覺被某種外力推了一下，害得她一陣踉蹌，還發出不小的尖叫聲，吸引了其他社員的注意。

往旁邊一看，阿弘正咬著肉包，以小孩子調皮時會露出的狡猾微笑看著雅涵。

「站這麼不穩，還沒踢到人自己就先跌倒了。」因為嘴裡含著肉包，所以阿弘咬字模糊。

「你真的很幼稚喔。」雅涵像是小女生被小男生欺負時一樣，反瞪著阿弘，表情卻討人憐愛。

阿弘從口袋拿出手機，操作了一下之後將螢幕轉向雅涵，那是簡訊的頁面，寄件人標註著「陳警官」，簡訊內容如下：

「不曉得明天中午同學們有沒有空，我想差不多可以向各位報告案情狀況了，靜候答覆。陳警官」

雅涵一看完簡訊，驚訝得發出感嘆，沒想到不用忍耐想像中得久。

「這是什麼時候傳來的？你告訴大家了嗎？」

只見阿弘搖了頭。雅涵便馬上拿出自己的手機用通訊軟體聯絡大家，也在短時間內得到了回覆。

「快回覆陳警官吧，大家都說可以了。」

「好啦，我先吃完肉包嘛，晚個一、兩分鐘右不會怎麼樣。」

於是雅涵搶過阿弘的手機，代替阿弘回覆簡訊。在一邊打字的同時，雅涵問了阿弘：

「可是陳警官為什麼是聯絡你啊？想也知道聯絡其他人比聯絡你好。」

阿弘縮了一下肩膀，挑起眉毛，嘴裡還含著肉包。

最後，他們決定約在離K大有些距離的咖啡廳，為的是避開其他K大生的耳目，也不是說被看到有什麼不好，就只是不想太引人注意。

隔天中午一到，所有人都比預定的時間還早抵達，陳警官帶頭先進入咖啡廳，雅涵、湘婷、正彥、湘綾和阿弘也依序入內。

這天的氣氛和以往都不太一樣，應該說是大家都保持著緊張，即將面對不知是好是壞的結果，有點像是領到成績單前一刻的心情。

點餐的過程在恍惚間一掃而過，除了陳警官，沒有人認真看過菜單後再決定想要什麼，就連阿弘也是好幾樣餐點亂指一通。

陳警官稍微垂下頭，用大拇指和食指按了雙眼眼皮，抬起頭時，大家都注意到他的眼白佈了不少血絲。

「有什麼要先聊聊的嗎？還是我直接開始了？」陳警官以輕鬆中帶點嚴肅的口吻道出了開場白。

「請直接開始吧。」雅涵先答覆了陳警官，沒有人表示反對。

「那麼，就從錐冠金龍大樓倒塌開始說起吧。」陳警官手肘靠在桌沿，雙手合十，拍了聲響掌，為詳述事件經過的奏曲打下第一拍，隨後從西裝內袋掏出那令人熟悉的黑色筆記本，「我想大家應該都知道，犯人楊榮傑是三年前因錐冠金龍大樓倒塌而受害的受災戶，他在那時成了唯一的失蹤人口。」

大家紛紛點頭，陳警官順著節奏說下去。

「依我們推測，他可能是大樓倒塌後，在沒被其他人注意到的情況下自行逃了出來，或是其實他當時根本不在大樓內，所以搜救人員自然而然也找不到他。為了證實這兩者推測，我們警方派了人力到N市走訪調查，不過要探究三年前的事實在有點困難，在大部分調查人員都不抱希望時，出現了一位當時目擊楊榮傑行蹤的證人。他是楊榮傑高中時的老師，所以可信度還不算低，應該不會認錯人。他是在大樓倒塌當天的凌晨三點五十分左右，於自家二樓陽台看到楊榮傑的身影，據那名老師所說，他當時剛處理完學校繁雜的行政事務，打算到陽台抽煙，因為有特別看了時鐘，所以時間這部分確實是有參考價值的。然而，從他的住處到錐冠金龍大樓，就算是全力衝刺也需要至少十分鐘的時間，換句話說，大樓倒塌的三點五十七分，楊榮傑不可能在場。事實應該為後者。」

「等一下，為什麼這種事情，那個老師沒有自己去通報？」正彥不服氣地對陳警官說，有點像是將情緒發洩在陳警官身上。

陳警官則表現無奈說道：「他說是不想讓自己扯進這種麻煩，我們聽到時也有點生氣。不過這種事也是很常有的，你不自己去問，沒有人會主動來告訴你，我們就是個習慣於沉默的民族。」

正彥咂了聲舌，「這樣也有資格當老師。」

「可是，那種時間，小佑……楊榮傑在外面做什麼？」湘綾也問出了大家心中的疑問。

「妳就叫他小佑吧，沒關係的。據說他那時候正在從網咖散步回家的路上。我們詢問過他以前的同學，他似乎有使用網咖的習慣，而且經常到半夜過後才回家，他的朋友不多，為了調查這點我們也花了好一番功夫。最後也從網咖那邊的資料證實，楊榮傑那天是在三點四十分左右離開網咖的。」

「網咖？他去網咖都在幹嘛？玩遊戲嗎？」湘綾急忙問道。

「據常看到他的網咖店員稱，的確是在玩遊戲沒錯，或許偶爾也會上一下網吧，我們目前推斷這對案情影響不大，所以沒有詳盡調查的必要。」

湘綾一得知心中的廷佑其實會使用網咖，對他的印象完全崩解。

他們的餐點陸續上桌，在全部到齊後，陳警官邊動起餐具邊說。

「我繼續說下去了，那天他在到家後，發現自己住處已滿目瘡痍，不知道是什麼樣的念頭，使他在那一刻起開始隱瞞了自己的身分，並將自己化名為施廷佑。」

湘綾在腦中計算了時間點，「這麼說來，我們認識時，是在他隱藏了身分一年後的事了。」

「沒錯，這一年的期間，他先是離開N市到K市居住，還偽造了證件，也留長了頭髮，甚至瘦了一圈，似乎是刻意使自己的樣貌產生改變。但其中使人疑惑的是，他住在哪裡？證件是怎麼偽造的？又是以何負擔自己的生活費？最重要的是，他寧願成為失蹤人口，也不願尋求政府的協助，動機為何？」

「那這些你們都查出來了嗎？」雅涵發問的同時，心裡想的是，警察的工作比想像中來得辛苦，自己只是坐著等待破案時，他們卻已經做了不知道多少事。

「可以這麼說吧。我們依據施廷佑這個名字在K市所有租屋處進行調查，果然找到一間房屋是以這個名字登記租屋的，而房東是個上了年紀的老先生，楊榮傑大概是看準這點，利用人家老糊塗才順利以假身分和假證件租到房子，證據就是那一帶也有其他房東對楊榮傑這個人有印象，他們的口供都是，楊榮傑一見面時就突然說不想租了。我想他應該是在亂槍打鳥，等待遇到腦筋不靈光的房東吧。」陳警官的視線轉向湘綾，「他是住在一間空間只有五坪左右的小套房，套房內沒什麼東西，只有一對桌椅，一只書櫃和棉被鋪成的床，衣服和雜物都是散亂地擺放，看得出來生活相當簡陋。」

然後陳警官又以坐著的姿勢對湘綾鞠了躬，「感謝妳告訴我們施廷佑這個名字，我想能提供這個線索的，全世界大概只有妳一個了吧。」

「不……這沒什麼好感謝的……」湘綾一臉不知所措，此時的她心中想必是五味雜陳。

阿弘在一旁暗自竊笑，因為當時可是他要湘綾再確認一次相片的。

陳警官看了阿弘一眼，給予他單邊嘴角上揚的微笑後繼續說道。

「關於偽造證件以及生活費負擔的部分，我們也有驚人的發現。楊榮傑似乎是以某種管道認識了不法集團，這些不法集團專門替人偽造文書或是介紹一些不法工作，我們是從他的手機查出來的。」

聽陳警官講到這裡時，所有人都發出了點驚嘆聲，每個人都想搶著提問，最後是由雅涵先將問題完整說出。

「他不是沒有手機嗎？」

陳警官早預料到他們的反應，先是淺淺的微笑然後說：「他其實是有手機的，不過的確不是他自己辦的。我們先是在他的租屋處發現這隻手機，然後追查手機的來源，才得以查出那個不法集團，這對我們來說算是意外的收穫。而那隻手機的用途，就是用來聯絡楊榮傑從事不法工作的工具。他當然不可能在妳面前拿出來。」陳警官看著湘綾。

「那小佑他到底是做什麼樣的不法工作？」湘綾的眼中散發著擔心和不捨。

「他從事一些地下賭博和色情行業相關的工作。」

湘綾又差點哭了出來，但她還是強忍住眼眶即將潰堤的淚水，以手背拭過。陳警官問了她要不要稍微喘口氣。

「沒關係，請繼續吧。」

「真的嗎？我們不急喔，可以休息一下。」雅涵望向湘綾，而湘綾再次以搖頭回覆。

「好吧，那麼接下來就是大家最想知道的事了。楊榮傑隱藏身分的動機，以及整起事件發生的始末。」

包括陳警官，所有人都重新調整了坐姿，還做了一次深呼吸。

「我從第一次到他住處調查時就覺得很奇怪，為什麼那麼小的空間，要硬塞一個什麼書都沒有放的書櫃在裡面，簡直佔了一大半空間，而且房東老先生也說那只書櫃是楊榮傑自己搬進去的，於是我把書櫃搬開，在後面發現藏著這個。」陳警官拿出一張相片，相片裡頭是一本看起來有好幾十頁的資料夾，不，仔細一看可能有上百頁。

「這是什麼？」阿弘嘴裡塞滿著食物。

「這是調查了朱誠輝手下A建設公司的資料。」

聽到這裡，所有人又瞪大了雙眼，眼神直勾勾地盯著相片中這本資料夾。

「裡面的資料詳盡，哪些地方有他們經手的建案也寫得一清二楚，現在這本資料夾被安置在警局當作證物，往後我們會交給內政部營建署當作危險建物的舉發資料。」

「難怪……」湘綾若有所思地說道，「他以前就經常在查什麼東西，不管是看報紙還是借我的手機去用，難道說就是在查這些嗎？」

「我想是的，根據這份資料夾內的資料顯示，他從錐冠金龍大樓倒塌後就開始著手了，有一大部分還是他委託地下徵信社調查的資料。」

這點與杉銘的論點雷同。

陳警官的眼神看向阿弘，「所以我猜楊榮傑的目的，大概跟你認識的那位呂先生所想的差不多，只不過他不是以擊垮朱誠輝為最終目的，因為那時朱誠輝已經不在了，A、B兩間公司也早已瓦解，只剩下少數餘黨，而且當時的A公司高層又早已因錐冠金龍大樓倒塌事件遭到起訴。」

「那他的最終目的是什麼？」阿弘又問了。

「不是摧毀這些建物，不然就是進行舉發，但他這將近三年期間都沒有類似的舉動，或許是他一直在猶豫不決，因為不論是前者或是後者，都勢必有暴露自己身分的風險。也就是說他隱藏身分的動機大概就是為了默默搜集這些資料，他可能是想搜集完整後才打算有所行動，一次性將事情做個了結。在我們警方以他的角度來看，這也是最保險的做法。」

「那些資料還不完整嗎？」

「可是就算不用隱藏身分，還是可以調查這些事吧？」

阿弘和雅涵幾乎同時發問，陳警官態度從容地主導場面。

「我先回答關於資料的問題好了。的確，那本資料夾裡面有幾棟建物的調查並不完整，還無法到適合舉發的程度，畢竟朱誠輝手下的建案也不是每一棟都是黑心建物，雖然有部分偷工減料，但沒到違法的程度誰也拿他沒辦法。不過基本上A公司底下營建的建物名稱和地址都有了，只要再請相關單位做後續的調查就沒問題。」為了喘口氣，陳警官啜了一口茶，

「再來就是關於隱藏身分，你們想想，在調查這些事時，楊榮傑最大的敵人會是誰？」

「朱誠輝？」雅涵以疑惑的語氣問道。

「怎麼可能，都說他那時候已經不在了。」阿弘立即表示反駁。

「不，其實張小姐說得也沒錯，但不是朱誠輝本人，是他的手下們。楊榮傑一開始或許只是以防萬一才暫時隱藏身分，但經過一段時間的調查後，他肯定自己做得沒有錯，因為他面對的是一部分還在社會中遊走的黑道分子，這些黑道分子腦袋裡也不是裝著石頭，要是他們被挖出曾與朱誠輝一同幹過的壞事，就算不是直接參與建案，視情況嚴重性難免也會吃上官司，為了避免自己的背景被挖出來，一定會預防他人調查自己。」

「所以說，這些黑道餘黨可能會注意當時的生還者或是受害者家屬，要是有人打算澈底調查A公司，他們就會試圖阻止？」阿弘眼神嚴峻，像是在空手道的賽場上。

陳警官予以肯定的眼神，對阿弘比出了食指。

「沒錯，何況他們是黑道，會用什麼樣的方法阻止也不難想像，就是基於這些理由，楊榮傑不得不隱瞞身分，讓眾人無從得知他的下落，主要為的就是避開黑道的耳目。」

「這些黑道真的有那麼可怕？」正彥以不以為然的語氣問道。

「你去看看五年前的報導就知道了，他們會用盡各種手段達成目的。」阿弘看著天花板回答正彥。正彥這時才想起阿弘曾說過的故事。

「也對，抱歉。」

「這麼說來，他的目的是摧毀房子嘍？但是既然他還沒調查完整，為什麼要選在那時候……而且還是引火自焚……」湘婷終於開口了。

「關於這點，我想先請問妳，妳是什麼時候察覺有被某種目光注意的？」陳警官反問了湘婷，同時翻著筆記本。

湘婷思索著記憶隨後回答：「大概是火災前一個月左右吧。」

「嗯……」陳警官思忖了兩、三秒後，看著筆記本說，「就我們所知，楊榮傑開始查到你們所住的那棟公寓時，大約也是在他引火自焚的前一個月。為了確認黃小姐是不是真的有被暗中觀察或跟蹤，我們查閱了公寓附近所有火災前兩個禮拜內的監視器錄像，果然都在黃小姐附近找到了像是楊榮傑的身影，他一直在遠處偷偷觀察黃小姐。」

他們才知道，原來陳警官眼白上的血絲是這麼來的。而在眾人震驚之餘，陳警官做出最後結論。

「我們警方的推理是，他在調查到那棟公寓時，恰巧撞見了妳的身影，而將妳誤認為妳的姊姊黃湘綾小姐。不久後甚至得知妳剛好住在那棟公寓內，而當他又發現妳和李先生同居時，更誤認為妳姊姊交了新的男朋友，在許多複雜心理和嫉妒心驅使下，他下定決心，先是偷了你們房東的備用鑰匙，然後趁著屋內只有妳一個人時，連帶自己的生命，一同摧毀此生最遺憾且最掛念的兩件事物。」

說完後，包括陳警官，每個人心情都沉重不已，如同被低氣壓籠罩。

「結果倒頭來，真的是當初推理的惡意傷害和感情糾紛嘛。」阿弘故意表現得輕鬆。

「嗯，除了搞錯對象這一點。」

「這麼說，他到那時都還在生我的氣嗎？」湘綾最終還是忍不住淚。

陳警官垂下目光，輕點了一下頭說：「很遺憾，警方是這麼推測的。」

雅涵遞了幾張衛生紙給湘綾，坐在一旁的湘婷也輕撫她的肩膀。

「原來是這樣……」雅涵不自覺地說出。大家幾乎都擺出落寞的表情，沒想到事情的原委如此悲劇性。

湘綾又再次哭得泣不成聲。

「你們打算就此結案了嗎？」阿弘問道。

「是啊，差不多吧，明天中午就會召開記者說明會了。」陳警官將筆記本收回西裝內袋。

7

回到學校上了兩堂課後，阿弘便於下課鐘響之際踏出教室一路走出K大，他到便利商店買了肉包，於夕陽餘暉下的街道邊走邊吃。

他走到了湘婷之前所住的那棟公寓，樓下停了輛小型箱型車，車身上印有某搬家公司的商標和聯絡電話。

阿弘昂首望了三樓的窗戶，又眼見樓下大門沒關，逕自踏了進去。他走上三樓到了三〇一房前，木門是開著的，他便彎腰穿過封鎖線。

屋內已經不怎麼明亮，正當他認為屋內應該沒有人時，往窗邊一看，卻有個人形的剪影，定睛細看後才認出那個人。

「是你啊。」是陳警官的聲音，「怎麼突然出現在這？」

阿弘猶豫了一會兒才回答：「就是想來看看，總覺得還有些事放不下。」

陳警官哼哼地笑道，點燃了香菸後吸了一大口。

「先開一下燈吧，這裡有點暗了。」一邊說的同時，煙霧從他口中團團竄出。

阿弘左顧右盼，在木門旁的牆上找到了開關，將電燈打開後視線才變得清晰。這時，突然有某種念頭從阿弘腦海中閃過。

陳警官深呼吸，沉默了一會兒後才開口說道。

「每當火燃起時，必定會伴隨著煙，想要解開真相不能只看到火而已，煙才是藏著訊息的關鍵。」

「什麼啊？你不能說得簡單一點嗎？」阿弘無奈地望著陳警官。

「別著急，你等一下就會了解這句話的意思了，不過……我想你大概已經知道了。」陳警官對阿弘戲謔地一笑，「在那之前，先說說你的看法吧。」

「楊榮傑……應該不是在記恨湘婷的姊姊吧。」阿弘馬上回應。

陳警官點著頭問了阿弘：「怎麼說？」

阿弘只是直覺反應地回答。

「燈啊，你剛剛是故意叫我開燈的嗎？我記得案發當時也是這個時間左右吧，如果說楊榮傑確實想傷害湘婷，那麼……」阿弘說到一半時又陷入了思考。陳警官緊接著說。

「若他真的想傷害人，第一，他何不直接在黃小姐的房間內引燃火勢，從這點就可以看出他並沒有同歸於盡的意圖，第二，他在這個時間點左右進來，屋內一點動靜都沒有，加上黃小姐說過當時燈是關上的，由此可知……」陳警官以眼神示意，給予阿弘定出結論的機會。

「楊榮傑是在估計屋內沒人的情況下才引火的。」阿弘不花半點考慮時間就馬上道出。

「對，這麼說可能性還比較大。還有一點，既然楊榮傑已經觀察了黃小姐一個月左右的時間，他不可能不知道黃小姐每個禮拜的固定行程，也就是說，楊榮傑當時自然認為黃小姐去學校上課了。」

「嗯，湘婷也說過那天是因為老師調課才會在家做報告的。於是楊榮傑等正彥離開公寓後便開始行動。他打從一開始就沒有傷害他們的打算。」

「另外，還有一點也可以證實楊榮傑並沒有想傷害黃小姐的意圖。」

陳警官一說完，他和阿弘都同時看向客廳旁的窗戶。

「開窗戶這個舉動，是在和湘婷對上眼之後才做的。」阿弘語氣肯定，而這點也早已從湘婷的陳述中證實。他們對上眼的時候，楊榮傑還在客廳附近，又根據屍體的位置是在窗邊，加上客廳地面到窗邊的焦痕軌跡只有一條，由此便可整理出事發順序。

「對，我想這就是當時楊榮傑慌張的原因吧。為了保護她，楊榮傑才會將窗戶打開故意讓濃煙竄出，吸引附近民眾的注意，使民眾得以快速通報消防隊。」

阿弘此刻終於了解陳警官剛剛那句話的意思，那所謂藏著關鍵訊息的煙指的就是這個。

他們走向窗沿，往窗外的天邊一看，天空已染出深藍色到橘紅色的漸層。

「綜合以上幾點，楊榮傑引火的動機就只有一個了，怎麼樣，你要說說看嗎？」陳警官以輕鬆的口吻對阿弘說。

「動機就是……」阿弘嚥了一口唾沫，「他想在不接觸到對方的情況下，讓湘婷搬離這棟潛藏危險的公寓，對吧？」

陳警官輕點了頭，「只不過計畫失敗了，還認錯了人。但就結果來說……也算是保護到對方的妹妹啦。」陳警官特別強調「結果」兩個字。

這時阿弘感到全身放鬆，心中也湧起一股感嘆。

「他早就原諒了湘婷的姊姊了呢。」

「是啊。他到最後一刻，都是在注視著黃小姐呢。」陳警官已經不打算再提認錯人了。

「最後一刻？」阿弘帶著疑惑看向陳警官的表情，那是一抹感慨的微笑。

「是的，最後一刻。楊榮傑在現場的遺體，臉部是面向門口的。」
「這樣嗎……原來如此。」
不知道他有沒有來得及看到湘婷被救出……——阿弘不知怎麼地，突然對楊榮傑產生了一絲同情。
他也萬萬沒想到，這次燃起的，竟然是如此深藏著諸多秘密的沉默之火。
「對了，呂先生要我替他向你問好。」
「那個老頭啊，嗯，我很好。」阿弘又是不正經地回答些莫名其妙的話語。
陳警官笑著說道：「你自己去對他說吧。」
他們回頭環視四周，屋內的處處焦痕底下串連成的沉默謎團已一一解開。
「那結案的事怎麼辦？還來得及更改嗎？」阿弘只是脫口說出，並不是真的擔心結案結果。
「我待會就會回總部通報，在明天中午前應該都沒問題。」
阿弘接著思考，要親自將這些事情先告訴湘綾，還是讓她等到明天中午看記者說明會時自然得知。最後阿弘的決定是前者。
「不過他有必要做到這種地步嗎？我是說，不直接和湘婷見面，又犧牲自己的生命。」
「我們已經解開火和煙的真相，剩下的就是只有他本人才會知道的事了，或許他有自己所堅持的意志。」
陳警官捻熄了已經燃燒到濾嘴的香菸。

餘煙

1

一個月前——

深夜的寒風毫不留情地打在臉頰，皮膚因乾燥產生龜裂又滲出點血，男人在外奔波了一整天才好不容易回到住處，他褪下身上厚重的外套後到浴室用熱水沖了臉，在感到溫暖的同時也伴隨些許刺痛。

男人的住處狹小簡陋，唯一一對桌椅靠在牆邊，他坐了下來，桌上放了些雜物和先前在便利商店買的信紙。他撕開信紙的塑膠包裝，將信紙在桌上攤平。

男人拿起一旁隨意擺放的原子筆，在自己的手背上試畫了幾下，他注視著空白的信紙，半晌後才提起筆寫道：

「致　湘綾：

近來好嗎？在向妳道歉之餘，先恭喜妳又回到K市生活，不論什麼原因，祝妳的新生活能夠順利，也打從心底替妳交了新的男朋友感到高興，但在那之前，妳必須搬出妳現在所住的地方，請原諒我以這種方式擅自替妳做了決定。而藉此機會，我也有些事情想要告訴妳。

抱歉，其實在與妳認識的那段期間，我一直是以假冒的身分與妳交往，我的真實姓名叫楊榮傑，一直隱瞞妳這件事，對不起，我由衷地對妳感到愧疚。至於我為何要這麼做，其實有難以解釋的原因。

在三年前，我所居住的N市曾有某棟大樓因地震倒塌，當時我就是那棟大樓的其一住戶，但所幸當時我並不在屋內，所以沒有因此受難。而當我在外即將到家時，看見了我所住的大樓變成如此模樣，腦中一片空白，或許是我內心的意識想要逃避這一切，不想面對如此事實才會帶著身體不停地走，當我回神時，已經身處於距離大樓有一大段距離的地方了。之後，我也在罹難名單中看到了我的家人的名字，無一倖存，就在這一夕之間我失去了所有，也在那時失去了活下去的動力，我不斷心想，為何不讓我一起死就好了。但這個念頭在我關注到某篇報導後停下，報導上說，我所住的大樓倒塌有一大因素是人為造成。從那刻起，我找回了生存目標——復仇。

但我所說的復仇，並不是想殺掉那些造成大樓倒塌的罪魁禍首，而是想消滅他們內心的貪婪險惡。雖然還沒有具體的復仇方式，但我開始著手調查有關他們建商的一切，並在那時決定移居K市，同時隱藏自己的身分，而施廷佑就是在那時誕生的。至於我是如何調查，又是如何在隱藏身分的情況下生活，我想妳還是不要知道比較好，實在很抱歉，恕我不說出這部分。

在我調查了一年左右，就是在那時，我認識了妳，當我第一次在甜點店遇見妳時就被妳的魅力吸引了，我心想一定要認識這個女生才行，但我一直不知道如何開口，過了好一陣子才鼓起勇氣藉著詢問甜點的問題向妳搭話，是妳讓我在只有黑暗和絕望的生活中重新找回一點活著的喜悅，那是種對我來說前所未有的感受，我至今仍覺得，能與你相識簡直是我人生中最奢侈的事，雖然時光短暫，但謝謝妳，真的謝謝妳，以我這種命運，這些本來就不是我應得的，謝謝妳給我最後的人生一點意義和回憶。

妳未赴約的那次，不管是什麼原因，我就一直在想，果然還是不要再影響妳的人生好了，以我這種身分是無法帶給妳幸福的，謝謝妳早早點醒了我，也讓我回到了該有的命運上。從那次起，我決定不再與妳見面，不是因為我生了妳的氣喔，是為了妳好，請原諒我，不知道這是否也算是我自私的決定。

然而，在我認為我們這輩子大概不會再見的兩年後，我卻在奇特的機緣下又見到了妳，我好不容易才抑制住想上前叫住妳的衝動。

至於為什麼說這是個奇特的機緣，希望妳能聽我解釋，這也是為何我希望妳搬出那棟公寓的原因。

在我調查了建商的一切後，發現他們背後是有黑道勢力在操控的，他們靠著偷工減料或是黑心建材大賺黑心錢，在全國已有好幾棟建物都是他們建造的危險建物，其中，包含了妳現在所住的那棟公寓。

看到這裡妳應該大概猜到了吧，我就是查到這棟公寓時又恰巧看見妳的，這兩年不見的期間，妳似乎有了些改變，雖然具體上說不出來改變了什麼，但可以肯定妳現在想必過得不錯，藉此我就感到放心了，也徹底打消想要與妳見面的念頭。我誠心祝福妳的生活一帆風順，更是希望妳能與現在的男朋友一起營造更快樂的回憶。不過，我也在這同時慌了，我不知道該用什麼方式才能讓妳搬出現在所住的地方，那裡原本就已經暴露在危險之中了，而你們的房東又擅自改建讓淺藏危機更加嚴重，要是有什麼萬一，我實在無法面對妳面臨與我相同的命運，所以，我才想到了這唯一的方式。抱歉，我不聰明又不怎麼擅長思考，永遠只能以最愚蠢的方式解決事情。我想膽小的妳，若是發現住的地方失火，而且又發現一具屍體的話，妳應該會不敢再踏進去吧，畢竟妳連假的屍體都怕了。

對不起，在與妳認識的那段期間一直隱瞞妳甚至欺騙妳許多事情，但是，我當時對妳的情感絕對沒有一絲謊言，我保證。

最後，希望妳下課回來後不要太驚訝，不，不驚訝是不可能的。但還是希望妳能體諒我用了這種方式，畢竟，這也算是我為妳做的最後一件事了吧。我這一生平淡無奇，沒什麼機會發光發熱，終於有一次能讓我的生命燃燒得璀璨了，謝謝妳。

楊榮傑」

男人寫下署名後，又即刻將它塗抹掉，在下方重新寫上：「施廷佑——我想還是用這個名字比較適合吧。謝謝妳替我取了小佑這個綽號」

重新審視眼前這些密密麻麻的文字時，男人眼睛又感到極度乾澀，他搓揉雙眼，然後起身到了房間的另一個角落，他搬開書櫃，從後方拿出一本厚重的資料夾翻了最後幾頁，又將資料夾藏匿回書櫃後方。

男人站至房間中央不知道在思忖著什麼，他往桌上看了一眼，緩緩拿起剛寫完的信，接著唰地一聲將信撕成兩半，然後將兩半紙重疊又做了重複的動作，直到成了一堆小紙屑。他將這些小紙屑包至衛生紙中丟進浴室的馬桶，隨著水流聲消失在眼前的漩渦中。

眼睛突然不乾澀了。

2

阿弘和雅涵並肩走在午後的陽光下，這天不用去學校，阿弘也沒有打工，他們原本想約正彥和湘婷一起去文化中心內的冰淇淋店，但正彥和湘婷不巧剛好要去看新的租屋處，只好擇日再約。

「但湘婷的爸媽會再同意他們住一起嗎？」邊走著，雅涵問道。

「正彥說他會想辦法讓湘婷的爸媽信任他的。」阿弘說得一派輕鬆。

決定不去吃冰後，阿弘開始穿梭於K市內各個手機門市或是周邊店鋪，雅涵只知道他想要找某種舊型號的手機電池，但根本不知道他要用那個做什麼，只是一直跟在他身邊。

在已經找了十幾家店都落空後，好不容易問到某個回收廠有阿弘一直在找的那種電池。老闆也大方地直接送給了阿弘。

「太好了，可以回家了。」阿弘對著天空伸了一個大懶腰，「我以前怎麼沒想到可以來回收廠找啊！」

「什麼啊？你到底要這種舊東西幹嘛？」雅涵看著阿弘手上的手機電池，那是約十年前某個手機品牌的電池，那種型號現在已經沒人在使用了。

「妳想知道的話就來我家吧。」

雅涵聽到阿弘這麼說時頓時感到內心小鹿亂撞，阿弘從來沒有對她有過如此邀約，更沒有踏入阿弘的家過，但現在說的家指的是阿弘的租屋處。

雅涵帶著緊張又興奮的心情進入了阿弘的租屋處，這裡比她想像得要整齊，只不過不知道是不是正彥幫他整理過罷了。

當雅涵還在觀望四周時，阿弘從衣櫃中拖出一只小型旅行箱。

「這是什麼？」雅涵看著旅行箱問道。

「這是……我父母的遺物。」阿弘的語氣異常淡然地說道。雅涵突然不知該如何反應。

阿弘打開了旅行箱，最快映入眼簾的是警察制服，除此之外，還有獎狀、相冊等零碎物品。阿弘翻找了一會兒，從旅行箱內挖出一款舊型手機。

「雖然我不常打開這個旅行箱來看，但我還是希望它不會離我太遠，於是在搬來K市時，也就從C市把它帶來了。」邊說，阿弘邊將這只舊型手機裝上剛拿到的電池。

「這支手機是？」

「是我老爸的。」阿弘像是想起了什麼深刻的往事，停頓了下又繼續說，「在我老爸過世前，我曾和他大吵了一架，雖然之後我有傳簡訊向他道歉，但已經是他過世的那天，所以我並不知道他到底有沒有看到。」

雅涵沒有出聲，繼續聽著阿弘說。

「這就是為什麼我會常常跑去電信行的原因，在從警察那邊接過我爸媽的遺物後，我就一直想重新開啟我爸的手機來確認這件事。然而手機怎麼樣就是打不開，拿去檢查後才知道是電池壞了。」

「所以你就一直在找這個手機的電池？」

「對啊。又因為型號太舊，才會這麼難找。」

阿弘按著啟動鍵，注視手機螢幕，但目前都還沒亮起任何燈號。

雅涵望著眼神放空的阿弘，自己也陷入了某種情緒之中。

寂靜的氣氛不知道維持了多久，類似鳥叫的鈴聲響起，才將他們又拉回現實中。阿弘父親的手機成功開機了。

阿弘連忙操作起手機，當然，這支手機現在沒有任何通訊服務。阿弘一打開簡訊收件箱，訊息如同排山倒海般而來，當中包括了許多親友所寄來的關心訊息，也包括了累積不知道多久的垃圾郵件。

他也看到了自己五年前傳送的簡訊。是已經被讀取的狀態。

多年來的疙瘩得以放下，阿弘感到身體輕飄了起來。

雅涵原本想到阿弘身邊，但她止住了衝動，默默待在原地不發出任何聲音。

阿弘翻開了相簿，裡面幾乎是工作相關的照片，不見任何平常的生活照。他再次覺得，父母的一生都被工作所佔據了。

他接著又打開網頁瀏覽器，一見到網頁內容時，全身的毛細孔快速擴張，但還沒仔細察看時畫面便跳掉了，只剩下「網頁已失效」的字樣。

老爸他查這個幹嘛——

網頁跳掉之前，出現的畫面是筆記型電腦的商品型錄。

半晌，阿弘放下手機，他露出笑容，這個笑容比雅涵以往見過的都更加燦爛，更加清新爽朗。

「走吧，去外面吃東西。」阿弘關閉手機，將它收回旅行箱中。

雅涵還不知道阿弘到底看到了什麼，但或許也不用知道，只要能夠確認：「怎麼了？是好事嗎？」

阿弘「嗯」了聲回應，又對雅涵擺出使她心跳加速的微笑。

雅涵雙頰通紅，在藏不住心頭的悸動之下問了阿弘：「那……要不要順便去看電影？」

阿弘在思考了半晌後以故作平淡的語氣回應。

「再看看吧。」

（全文完）

要推理60　PG2075

要有光 FIAT LUX　沉默之火

作　　者	胡仲凱
封面繪圖	黃培軒
責任編輯	鄭夏華
圖文排版	林宛榆
封面設計	楊廣榕

出版策劃	要有光
發 行 人	宋政坤
法律顧問	毛國樑　律師
印製發行	秀威資訊科技股份有限公司 114台北市內湖區瑞光路76巷65號1樓 電話：+886-2-2796-3638　傳真：+886-2-2796-1377 http://www.showwe.com.tw
劃撥帳號	19563868　戶名：秀威資訊科技股份有限公司 讀者服務信箱：service@showwe.com.tw
展售門市	國家書店（松江門市） 104台北市中山區松江路209號1樓 電話：+886-2-2518-0207　傳真：+886-2-2518-0778
網路訂購	秀威網路書店：https://store.showwe.tw 國家網路書店：https://www.govbooks.com.tw
總 經 銷	聯合發行股份有限公司 231新北市新店區寶橋路235巷6弄6號4F 電話：+886-2-2917-8022　傳真：+886-2-2915-6275

出版日期	2018年12月　BOD一版
定　　價	250元

國家圖書館出版品預行編目

沉默之火 / 胡仲凱著. -- 一版. -- 臺北市 : 要有光, 2018.12
面； 公分. -- (要推理 ; 60)
BOD版
ISBN 978-986-96693-9-9(平裝)

857.7 107020227

讀者回函卡

感謝您購買本書，為提升服務品質，請填妥以下資料，將讀者回函卡直接寄回或傳真本公司，收到您的寶貴意見後，我們會收藏記錄及檢討，謝謝！如您需要了解本公司最新出版書目、購書優惠或企劃活動，歡迎您上網查詢或下載相關資料：http:// www.showwe.com.tw

您購買的書名：________________________________

出生日期：________年________月________日

學歷：□高中（含）以下　□大專　□研究所（含）以上

職業：□製造業　□金融業　□資訊業　□軍警　□傳播業　□自由業

□服務業　□公務員　□教職　□學生　□家管　□其它_____

購書地點：□網路書店　□實體書店　□書展　□郵購　□贈閱　□其他

您從何得知本書的消息？

□網路書店　□實體書店　□網路搜尋　□電子報　□書訊　□雜誌

□傳播媒體　□親友推薦　□網站推薦　□部落格　□其他__________

您對本書的評價：（請填代號　1.非常滿意　2.滿意　3.尚可　4.再改進）

封面設計____　版面編排____　內容____　文／譯筆____　價格____

讀完書後您覺得：

□很有收穫　□有收穫　□收穫不多　□沒收穫

對我們的建議：________________________________

____

____

____

請貼
郵票

11466
台北市內湖區瑞光路 76 巷 65 號 1 樓
秀威資訊科技股份有限公司 收
BOD 數位出版事業部

……………………………………………………………………………………

（請沿線對折寄回，謝謝！）

姓　名：＿＿＿＿＿＿＿＿＿＿　年齡：＿＿＿＿　性別：□女　□男

郵遞區號：□□□□□

地　址：＿＿＿＿＿＿＿＿＿＿＿＿＿＿＿＿＿＿＿＿＿＿＿＿＿＿＿

聯絡電話：(日)＿＿＿＿＿＿＿＿＿＿＿(夜)＿＿＿＿＿＿＿＿＿＿＿

E-mail：＿＿＿＿＿＿＿＿＿＿＿＿＿＿＿＿＿＿＿＿＿＿＿＿＿＿＿